두 드라마 감독의 뜨겁고, 치열하고, 자유로운 교환편지 에세이
오케이, 컷! 이만 총총

오케이, 컷! 이만 총총

손정현 김재현 지음

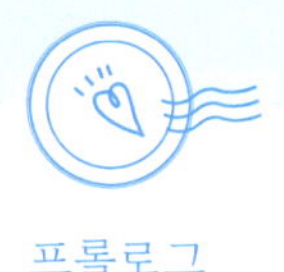

그의 곁에 있고 싶어서

설마설마했는데…《반짝이는 워터멜론》의 긴장되는 첫 촬영을 앞두고 있던 차에 어깨에 힘 한번 빼자고 김재현 감독에게 던진 농담 같은 제안이 이렇게 책으로 엮어서 나오다니요. 새삼 꾸역꾸역과 따박따박의 위대함을 다시 한번 생각합니다. 동시에 어쩔 수 없는 부끄러움(이렇게 노골적으로 속내를 드러내도 되는 거야?), 눈은 이미 높아졌는데 몸과 마음이 뒤처지는 우울감(이거밖에 안 돼? 드라마나 잘 만들지 웬 에세이?)은 덤으로 따라옵니다.

2018년 SBS 《키스 먼저 할까요?》에서 처음으로 김재현 감독을 만났습니다. 저는 연출이었고, 그는 3년 차 조연출이었죠. 한 작품에서 연출과 조연출로 만난다는 것은 웬만한 부부나 부모보다도 더 많은 시간을 지지고 볶는다는 얘기입니다. 본의 아니게 그의 사생활을 곁눈질하게 되었죠. 일단 저보다 훨씬 어리다는 그의 젊음이 부러웠습니다. 게다가 제 주위에는 아직도 신춘문예 당선이 로망이라는 지인이 있는데, 그는 이미 경희대 국문과 시절 가볍게 그 벽을 통과했죠. 시인 면허증을 갖고 있는 그의 출신 성분은 늘 질투를 유발했고, 한두 번 같이 놀아보니 세상에나 저보다 더 기타를 잘 치고 노래도 잘했으며, 도대체 무슨 기술을 쓰는지 연애 플러팅도 훨씬 뛰어났습니다. 한마디로 그가 가진 모든 것이 부러움과 질투의 대상이었습니다.

그런 사람 있죠? 놓치면 평생 후회할지도 모르겠다 느껴지는 사람. 김재현 감독은 저에게 그런 사람이었습니다. 어색하게라도 그의 곁에 있고 싶어서 책을 같이 한번 내자고 무의식이 말을 걸어왔던 듯싶습니다.

좋은 글에는 세월의 힘이 축적되어 있다고들 합니다. 처음 편지를 쓸 때《반짝이는 워터멜론》첫 촬영을 앞두고 있던 저는 바짝 긴장을, 이제 막《천원짜리 변호사》를 마친 그는 너덜너덜한 상태였습니다. 지금은《키스는 괜히 해서!》첫방을 앞둔 김재현 감독이 바짝 긴장해 있고, 다음 작품을 두리번거리는 제가 너덜너덜한 상태입니다. 이 에세이가 좋은 글인지는 잘 모르겠으나 세월은 확실히 축적돼 있어 보입니다.

은유 작가의 에세이 『올드걸의 시집』에 나오는 한 구절을 인용하며 이 글을 마치고자 합니다.

"고흐에게 테오라는 동생이 있었고 마르크스에겐 엥겔스라는 친구가 있었듯" 나에겐 김재현이 있다고 어디 가서 자랑스럽게 이 책을 흔들며 얘기하겠습니다. 꾸벅꾸벅꾸벅!

손정현 보냄

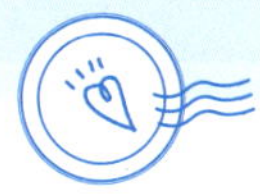

솔직함을 담아냈으니
쓴 이로선 좋습니다

자존감이 땅굴을 파던 찰나, 사람이 뭐라도 해야겠다 싶어 컴퓨터 앞에 앉았드랬죠. 그리고 이 글을 쓰기 시작했을 땐 "인간 탈락! 짐승 합격!" 상태였는데, 꾸역꾸역 뭐라도 하다 보니 다시 인간의 출발선에 서게 된 것 같아 뿌듯합니다. "재현아, 고생했다." 하고 저를 토닥입니다. 책도 많이 팔려서 부수입이 좀 생겼음… 하는 맘도 드는 게, 이쯤이면 정말 인간으로 돌아온 것 같네요.

정현이 형에 대해 생각하면 늘 두 가지가 떠오릅니다. "인생은 존버야, 인마." 제게 '존버'라는 말을 처음 알려준 사람. 두 번째는 "가다마이라도 하나 사 입어, 인마." 가다마이. 양복 외투의 일본식 표현이라는 걸 첨 알게 해준 사람. 그러니까 정현이 형은 키도 훤칠하고 옷도 깔끔하게 잘 입는, 굉장히 멋진 미중년의 선배였죠. 야만의 시대, 촬영장에 욕과 고함이 난무하던 시절. 바짝 쫄아 있던 제게 처음으로 웃으며 다가온 선배였습니다. 이 신에서 만난 최초의 다정함이었죠.

그 시절에도 여러 조연출이 손정현의 작품을 하고 싶어 했습니다. 다치고 상처 입은 영혼들이 쉬어가는 곳. 손정현은 그런 존재였죠. 조연출로 3년차를 달려나가고 있던 어느 날 형에게서 전화가 왔습니다. "어, 재현아. 나 손정현인데, 너 내 조연출 할래?"

그렇게 형과의 연이 시작되었습니다. 대뜸 B팀을 맡기더니, "네 멋대로 찍어!"도 시전하셨죠. 《키스 먼저 할까요?》를 떠올리면, 촬영·편집보다는 기타 치고 술 먹고 노래하던 나날들이 먼저 생각납니다. 허름한 '평상'에 앉아 형은 이정선의 〈외로운 사람들〉을 저는 제이슨 므라즈의 〈I'm yours〉를 자주 불렀죠.

그 자리에는 늘 배우, 뮤지션, 작가들이 오갔습니다. 담배 냄새가 적절히 뒤섞이고 취기가 오르면 다 같이 꿈에 취한 것처럼 노래를 불렀죠. 그 중심에 늘 손정현이 있었습니다. 누군가 그를 "손감독~" 하고 부르면, 형은 "어, 형." 하고 미소를 지으며 그의 이야기를 가만히 들어주곤 했죠.

"여긴 김재현 감독이라고, 어어, 내 후배."

정현이 형은 조감독 시절에도 늘 저를 '감독'으로 소개해 주셨죠 '저 사람처럼 되고 싶다'는 생각을 자주 했습니다. 제가 만난, 진정한 의미에서 '좋은 어른'이었거든요. 연출 선배, 회사 선배. 그런 거 말고, 그냥 그의 동생으로 오래오래 있고 싶었습니다.

그렇게 시간이 흘러서, 형과 함께 책을 내게 되어 감회가 새롭습니다. 작년, 모든 걸 멈추고 주저앉아 있던 시절의 글을 보니 자기 연민에 빠진 찌질이가 따로 없는데, 동시에 그래서 좋네요. 내가 이렇게 솔직하게도 썼구나 싶어서. 들어주는 사람이 있으니까. 가면을 쓰지 않아도 있는 그대로의 나를 가만히 들어주니까. 술 한잔 먹고, 품에 기타를 쥔 채 형에게 주절대던 그 마음을 고스란히 옮겼습니다. 실용적인 글이 아니게 되어서 출판사에 미안한 마음이지만, 솔직함을 담아냈으니 쓴 이로선 좋습니다.

제 첫 책을 정현이 형과 함께 낼 수 있어서 다행이라 생각합니다. 시인으로 살 줄 알았던 사람에게 드라마의 길을 알려주고, 그토록 열망하던 책까지 낼 수 있게 해준 형. 늘 제 인생의 런닝메이트가 되어준 정현이 형에게 감사를 전합니다.

김재현 보냄

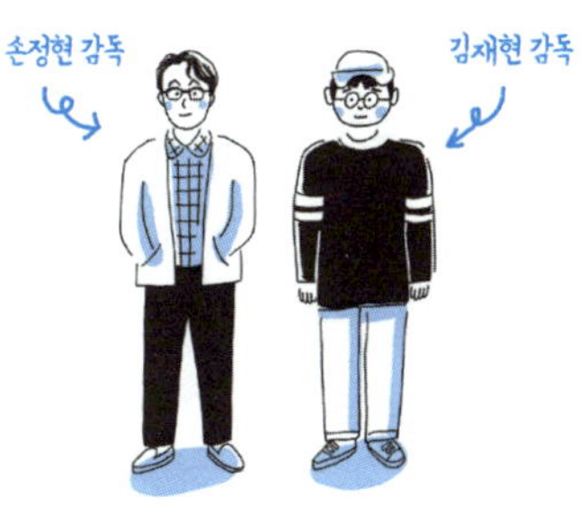
손정현 감독
김재현 감독

차례

현장에 첫발을 내디딜
때까지

Dear 재현!

드디어, 마침내, 기필코, 그리고 느닷없이 와버렸다. 《반짝이는 워터멜론》 첫 촬영!

'봉고차 이론' 들어봤니? 봉고차. '연봉'이라고 하지. '연'출 '봉'고의 줄임말. 감독이 타는 차. 봉고차와 이론. 어울리지 않는 단어의 조합이다. 봉고차에 무슨 거대한 이론까지 붙었나 싶지만, 거장 스티븐 스필버그 형과 우리의 자랑 봉준호가 얘기했으면 또 달라질 거야. 뭔가 그럴싸한, 있어 보이는 이론이 되는 거지.

문득 봉준호 감독의 인터뷰가 생각난다. "당신은 영화 만드는 작업 중 언제가 제일 두렵고 긴장됩니까?"라는 질문이었어. 답변이 이랬지. "봉고차가 현장에 도착했을 때요."

'이걸 어떻게 찍어야 하나?' '배우, 스태프들이 내가 생각한 그림대로 움직여줄까?' '이 신이 잘 나올까?' '내가 연출을 제대로 하고 있는 게 맞나?' 하는 두려움. 그래서 차 문을 열고 현장에 첫발을 내디딜 때까지 뇌는 끊임없이 저항하고 몸은 슬로 촬영처럼 느려져 좀 더 솔직히 속내를 내보이자면, 뭔가 그럴싸한 핑계를 대고 촬영을 접고 싶지. 갑자기 멀쩡한 하늘을 쳐다보면서 "어, 비가 올 거 같은데… 오늘 비 예보 있지 않았니?" "여기 다음에 또 오지 않니? 그때 찍으면 안 되나?" "뭔지 모르겠지만 뭔가 준비가 덜 된 거 같은데…" 등등의 핑계.

사람 사는 거 다 비슷하다고, 그런 거장들에 비할 바는 아니지만 나도 동병상련. 폼 나게 '저항 현상'이라고 얘기하자. 모든 크리에이터에게 온다는 일, 시작하기 직전의 우울. 촬영 앞두면 읽고 싶은 책은 왜 이렇게 많은지. 보고 싶은 영화는 왜 이렇게 많고, 작업실의 먼지는 왜 이렇게 도드라져 보이는지. 하필 술 먹자는 인간은 또 왜 이렇게 많은 거야?

하지만 해야 한다. 찍어야 방송이 나가지. 내가 늘 했던 말. 반드시 넘어야 할 단계, 첫 촬영. 아직도 모 스태프는 드라마를 그렇게 했어도 첫 촬영 전에는 잠이 안 온다고 해. 연출은 더하지. 모 영화감독은 촬영 하루 전날 원인 모를 구토를 해서 속이 다 뒤집어 진다더라. 평소의 나? 베개 곁을 스치기만 해도 잠이 들어. 근데 촬영 전날? 진짜 밤새 "NG! NG!" 외치는 꿈을 꾼다니까. 이번 작품부턴 그냥 수면유도제의 힘을 빌려볼까.

드라마 짬밥을 이렇게 먹었는데도 아직 헤매다니 신기하지? 챗GPT한테 한번 물어볼까? 그래, 스타 감독이 되려면 어떻게 해야 하니?

챗GPT 답변

스타 감독이 되기 위해서는 오랜 시간 동안 꾸준한 노력이 필요합니다. 실수도 많겠지만 이를 배우고 발전해나가는 과정이 중요합니다.
끈기와 열정: 실패를 두려워하지 않고 끝까지 밀고 나가는 열정과 끈기가 필요합니다.

아니, 그걸 누가 모르니? 결정적으로, 뭐? 은인을 만나야 한다고? 쳇! 별거 없구먼 너도. 마인드 컨트롤 방법 하나 개발했어. 전에는 "난 참 행복합니다. 난 참 행복합니다" 조경수의 오래된 유행가

가사를 흥얼거렸거든. "난 참 행복합니다" 프로야구 한화이글스 보살 팬들이 야구장에서 떼창으로 부르는 그 노래. 절경이고 절창이지.

연출할 작품이 있고 배우들 캐스팅도 괜찮아. 최현욱 배우하고 작업한다고 하니까 드디어 우리 아들이 인정했어. 평소엔 아빠 연출한 작품은 거들떠보지도 않는 녀석이 말이야. 스태프도 내가 믿고 인정하는 베테랑들이 붙었어. '불안한 행복'의 프리랜서에게 일거리가 있다는 건 얼마나 행복한가? 지금 경기도 안 좋은데 말이야. 근데 이게 약발이 오래 못 가더라고. 김경일 심리학 교수님의 '접근 이론' '회피 이론' 들어봤지? 쉽게 얘기하면 이런 거야. 일을 하다 막혔을 때 방법을 생각하고 긍정적인 쪽으로 고민하면 접근 이론이고, 핑계 대고 도망칠 생각 하면 회피 이론이란 거지. 접근 이론으로 임해야 좋은 성과를 낼 수 있다고 해. 그런 맥락에서 개발한 '난 참 행복합니다' 이론인데, 3초 정도 도파민을 뿜기는 하지만 괴물 같은 '봉고차 이론'에는 여지없이 무너져내렸어.

그래서 또 개발한 마인드 컨트롤 방법. 같은 업종에서 제일 X 같다고 생각하는 인간 두 명을 떠올렸어. 내가 제일 싫어하는 타입의 감독. 삶과 드라마가 일치하지 않는 인간. 권위주의형 감독. 자기보다 약한 배우, 스태프, 신인 작가 가슴에 대못 박는 발언을 무슨 마트에서 장 보듯이 쉽게 하는 감독. 전형적인 강약약강의 감독. 한 작품 잘됐다고 때와 장소를 가리지 않고 목에 깁스하고 다니는 감독. 주로 이런 얘기를 하지. "나 ○○○야! 이거 왜 이래?" 조연출 때부터 너무나 많이 봐온 타입들이지. 우리가 명장은 되기 어려워도 괴물은 되지 말아야 하지 않겠니?

그런 두 명을 떠올렸어. 적어도 이들보다는 내가 더 잘돼야 하지 않을까? 그들이 연출한 프로그램보다는 내가 하는 《반짝이는 워터멜론》이 더 잘돼야 하지 않을까? 아니, 잘돼야만 해!

그렇게 생각했더니 불끈불끈 에너지가 막 솟는 거야! 역시 인간은 우아하고 거창한 것보다 이렇게 찌질할 때 더 힘이 나는 거 같아. 너한테만 전수하는 비법이다. 이런 건 돈 받고 줘야 하는데… 하하.

너의 일상이 늘 축제이길 바라며 굿나잇! 작품 준비 잘하시길. 《천원짜리 변호사》 흥행 이후 두 번째 작품이구나. 이번 작품은 너의 감성이 더 많이 스며들기를. 참, 안치환의 〈귀뚜라미〉라는 노래 아니? 나희덕 시에 안치환이 곡을 붙였지. 이 대목을 부를 땐 나도 모르게 울컥해져.

"보내는 내 타전 소리가 누구의 마음 하나 울릴 수 있을까?"

창작자들이 가져야 하는 자세, 감독들이 가져야 하는 자세가 이 한 문장에 집약된 것 같아. 찌질했다가 우아했다가 향정신성 난동 같은 첫 번째 편지를 마무리한다.

연출봉고

언제가 제일 두렵고 긴장됩니까?
봉고차가 현장에 도착했을 때요.

연출은 봉고를 타고
현장에 가네

Dear 정현

형, 드디어 첫 촬영을 맞이하셨네요. 제목이 참 좋아요, 《반짝이는 워터멜론》. 빛나는 여름의 한 조각이 너무나 선명히 느껴지잖아요. 제가 아는 형의 모습과 딱 어울리는 느낌이에요.

저는 《천원짜리 변호사》가 끝난 후에 이런저런 생각을 하고, 술을 마시고, 놀며 지내고 있습니다. 그러다 보니 도리어 봉고에서 내리는 순간의 두려움이 종종 그리워지더군요.

현장으로 이동하는 봉고를 생각하면, 저는 내릴 때보다 이동할 때가 먼저 떠올라요. 그 때가 저한테는 늘 숨을 고르는 시간이거든요. 전장에 나가는 무사가 칼을 벼리듯이 마음과 생각을 올곧게 하는 시간. 그걸 처음 배웠던 건 형과 함께 《키스 먼저 할까요?》를 할 때였어요.

형은 과감하게 저한테 B팀 연출을 맡겼어요. 하지만 전 입봉도 못 한 초짜 연출이었죠. "찍으면 다 돼." 형의 그 말을 그때는 이해하지 못했어요. 내리는 봉고보다 이동하는 봉고에서 더 긴장하곤 했죠.

"김 감독, 어떻게 찍을 거야?"

김홍재 촬영감독님이 그렇게 물어보면, 저는 무슨 계획인가를 쏟아냈죠. "첫 컷은 POV(독자가 현장에서 직접 육안으로 보는 듯한 시각적 효과를 내는 표현 방식)로 시작하고요, 인물 받아서 오버샷으로 만들어 주시면 좋을 거 같아요." 그럼 김홍재 감독님은 빙그레 웃으며 "좋아, 현장 가서 보자!" 그러셨죠.

하지만 촬영은 인생만큼이나 계획대로 되지 않더군요. 자동차가 촬영할 자리에 잔뜩 주차되어 있다거나, 갑자기 행사가 생겨 인파가 몰린다거나, 장소의 특성상 내가 생각한 인물 배치가 절대 안나온다거나.

"연출은 포기의 연속이다."

이건 수찬이 형이 해줬던 말이에요. 형도 같은 이야기를 하셨죠. 모니터 앞에 앉기 전에는 연출의 주된 일이 그림을 만드는 거라고 생각했어요. 하지만 실제 그림을 만드는 건 연출의 아주 작은 일 중 하나에 불과했죠.

그런 일들을 겪다 보니 '연출의 본질은 변수를 어떻게 관통해 나갈 것인가에 있구나' 그런 생각이 들더라고요. 형은 기억하지 못할 텐데, 제 연출 인생에 지침이 된 형의 모습 하나가 있어요. 인천공항에서 촬영을 할 때였죠.

"공항버스가 멈춘다. 순진이 내린다."이 단순한 두 지문을 표현하기 위해 1백여 명의 스태프가 모여 있었죠. 조감독이던 우람이 형이랑 저는 사색이 되어 있었고요. 버스가 주차해야 할 자리에 다른 차량이 떡하니 서 있었거든요. 차 주인은 전화를 안 받고, 스태프들은 모두 우릴 바라보고 있었죠. 전화는 계속 소리샘으로 넘어갔어요. 해결할 길이 없었죠. 그때 형이 말했어요.

"재현아, 차 빼지 말고, 공항 보안 요원 의상 있니?"
"네, 있을 거예요."
"영재 형한테 말해서, 출연자 한 분께 의상 좀 입혀 줘"

의아했어요. 그런데 형은 공항 요원이 주차 단속하는 상황을 주시더군요. 촬영이 시작됐고, 저는 모니터 뒤에서 보았습니다. NG 요소라고 생각했던 게 생동감 가득한 그림이 되어가는 모습을요. 무엇보다 형의 결정은 그 자리에 있던 1백여 명의 스태프를 행복하게 만들었어요.

형은 참 대단한 사람이구나 싶었어요. 그런 재치가 어디서 나오는 걸까? 그 후로 저는 통제 불가능한 상황을 통제하려 들지 않고, 그 상황 그대로를 녹이는 형의 기술을 훔치려 했어요. 그러나 쉽지는 않더라고요.

봉준호 감독님의 《기생충》을 보면 이런 비슷한 대사가 나오잖아요. "무계획이 가장 훌륭한 계획이다." 디렉터(Director)라는 단어를 해석하면 '방향을 잡아주는 사람'인데, 형은 늘 가야 할 방향을 아는 사람 같았어요. 모두가 우왕좌왕할 때 형은 심플하게 "이렇게 가자" 하셨죠. 그러면 어지럽던 현장이 정돈되고, 붕 떠 있던 현장이 차분하게 가라앉았어요.

그 후론 연봉 안에서 그 시절 형의 모습을 떠올립니다. '철저하게 계획하되 그 계획에 갇히지는 말자.' 형의 모습이 제 마음속에서 이런 모토가 됐어요. 드라마 현장은 종종 내비게이션 없이 달리는 자동차 같아요. 목적지는 알지만 어떤 길로 갈지는 모르죠. 현장에서 현장으로 이동하는 봉고 안, 저는 계획이 뜻대로 되지 않을 때를 상상하며, 흔들리지 않는 마음을 가지려 합니다. 부디, 감정을 다스릴 수 있기를. 부디, 욕심에 잡아먹히지 않기를. 부디, 내게 형과 같은 재치와 여유가 깃들기를.

'아무것도 계획대로 되지 않을 거야. 하지만 이걸 하나의 모험이라고 생각하자.' 연봉에서 창밖을 내다보며 생각해요. 해 질 녘의 양화대교에서 서울과 한강이 노을에 잠겨가는 것을 보며 자유로에서 철새 떼들이 시나몬 가루처럼 흰 구름 위로 뿌려지는 것을 보며 저는 생각합니다. '나는 미천하고, 또 부족해. 머릿속에 계획을 심지 말고 마음속에 태도를 갖추자. 드라마는 결국 인간을 향하는 것이고, 인간을 향한다면 그저 나를 믿을 뿐.'

제게 봉고는 마음을 가다듬는 순간입니다. 평화를 품고 방향을 확신하며 주저하지 않는 태도를 가지기 위해서요. 스마트폰을 열고 이런저런 메모를 합니다. 신에 대한 복잡한 메모나 콘티 같은 건 봉고 안에서 할 일이 아닌 거 같아요. 그저 묻습니다. 이 신은 너한테 어떤 사랑이지? 이 신은 너한테 어떤 아픔이지? 이 신은 너한테 어떤 기쁨이지? 그 질문 하나를 품고 현장에 봉고가 도착했을 때, 나를 기다리고 있는 현장을 만나요. 뜨겁고, 치열하고, 자유로운 현장.

그걸 떠올리면 즐거워요, 형. 무섭고 두근대는 게 마치 익스트림 스포츠를 하는 거 같아요. 봉고에서 내리는 순간이 제일 무섭다고 말씀하셨지만, 형은 "현장에 나가면 피가 도는 것 같아"라고도 하셨죠.

　저의 첫 촬영, 어떤 의미에서 진정한 첫 촬영은 2022년에 시작되었어요. 두 번째 작품의 첫 촬영을 떠올리면 두려워지는 한편, 하염없이 두근거려요. 문득 궁금해집니다. 형의 입봉은 어떠했고, 두 번째는 어떠했는지. 처음과 두 번, 세 번과 네 번을 해나가다 보면 이런 두근거림이 사라지는지, 아니면 매 순간 모든 작품이 처음과 같은지.

　버스 안에서 답장을 씁니다. 창밖을 보니 연봉을 타고 이동하던 자유로가 보이네요. 한강 줄기 위로 초록이 한창입니다. 보고 싶네요, 형.

계획

계획대로 되지 않을 거야.
머릿속에 계획을 심지 않고, 마음속에 태도를 갖추자.

연출은 '집중과 선택'이다

애정하는 재현

첫 편지에 디어(Dear)를 썼더니 관계가 에로틱해지는 것 같다. 사람들이 우리의 성정체성을 오해해. 그래서 오늘부터 '애정하는'으로 바꿀게.

답장 잘 받았어. 세상에나 나도 기억 못 하는 일을 기억하다니. 《키스 먼저 할까요?》를 찍을 때 그런 일이 있었구나. 근데 공항 신 말이야 사실 고백할 게 있어. '이제야 말할 수 있다'를 해보자면 사실 그때 내가 그런 건….

미안해. 형이 귀찮아서 그랬던 거야! 주인하고 연락도 안 되는 차 치우길 어떻게 기다려? 한 컷이라도 더 찍어야 하는데, 그 금쪽 같은 시간이 너무 아까웠던 거지. 제작비를 그냥 길에다 뿌리는 거니까. '도대체 왜 안 찍는 거니?'하며 배우들이 내 뒤통수에 대고 쏘는 레이저도 따끔거렸고.

나에겐 로망이 하나 있어. 촬영 현장에 갔더니 골목길에 차 열 몇 대가 쭉 일렬로 주차되어 있는데, 나는 쓱 웃으면서 거만하게 디렉터스 체어에 앉는 거야. 감독들만 앉는다는 디렉터스 체어. 안장 뒤편엔 금박으로 반짝반짝 이렇게 새겨져 있어야 해. '감독 손정현' 그런 번쩍이는 의자에 폼 나게 앉아서 뛰어다니는 연출부, 제작부 아이들에게 한마디 툭 던지는 거지.

"저 차들 다 빼야겠다. 다 빼기 전엔 한 컷도 안 찍어!"

아무래도 나하고는 안 어울리지? 그래, 돈 주고 하라 그래도 나는 그리 못 한다. 백수찬 감독이 한 말. "연출은 포기의 연속이다" 이 건 인정.

촬영장에서 감독들 마음이야 다 스티븐 스필버그고 크리스토퍼 놀런이고 봉준호고 박찬욱이지만 뜻대로 안 되지. 나는 이렇게 바꿔 말해. "연출은 '집중과 선택'이다." 김경일 교수의 '접근 이론'

으로 바꾼 거지. 중요한 신에서는 배우 연기, 미장센을 집요하게 물고 늘어져야 하지만 흘러가는 신이나 브리지 신들은 대세에 지장 없으면 그냥 가. 콘티도 단순하고. 스크립터인 현정이한테 이렇게 얘기하지. "현정아, 너만 입 다물면 아무도 모른다" "너희 어머니가 과연 연결이 좀 튄다고 알아보실까?" 이렇게 농담 치면서. 크크.

실은 이게 나의 콤플렉스야. '나는 왜 이렇게 독하지 못할까…' 어떤 감독들은 그런다더라. 헌팅 가서 어떤 장소가 맘에 들면 사용료가 얼마나 들든, 촬영 여건이 어떻든 그냥 눈 딱 감고 얘기한대.

"난 무조건 여기서 찍을 거야."

SBS에도 독종 감독님이 몇 분 계셨지. 《올인》 연출했던 유철용 선배. 정작 본인은 모르겠지만, 그의 호는 '철야 유철용'이야. 밤샘 촬영을 하도 많이 해서 붙은 별명이지. 모 조명감독이 아침에 "여보, 나 갔다 올게. 오늘 밤 10시쯤 집에 올 거야" 했다가 무려 14박 15일을 집에 못 들어갔다는 전설이 아직도 회자되지.

《별에서 온 그대》《뿌리 깊은 나무》《폭군의 셰프》의 장태유 감독은 또 어떻고. '세상에 어떻게 이런 커트를 찍을 수 있지?' 할 만큼 온갖 커트를 다 찍는 무서운 감독이지. 그의 호는 '다따유 장태유'. 혹자들은 이렇게 부르기도 했지. '만컷 장태유' 아님 '과수원 장태유'.

더 이상 이 둘을 능가하는 독종 감독이 안 나올 거라고 다들 그랬는데, 세상에, 이들보다 더 독한 감독이 나타났어. 바로 장태유 감독의 동기이자 《슈룹》의 연출자 김형식 감독이야. 커피와 담배를 입에 달고 다닌다는, 끼니 거르기를 밥 먹듯이 했다는, 커트를 찍어도 찍어도 끝이 없다는…. '다따유 장태유' '과수원 장태유'를 한낱 저잣거리의 웃음거리로 만들었다는 그의 별명은 '텍사스 전기톱'. 정작 본인은 '패밀리 마트'(24시간 잠을 안 자고 촬영해서 붙은 별명)로 더 악명이 높았다고 수줍게 얘기했었다.

오로지 '명드라마'를 만들겠다는, 한 컷도 그냥 넘어갈 수 없다는 집념의 감독들이지. 나는 그들의 집념과 독종 근성을 늘 부러워했어. 물론 주 52시간 근무제를 적용하기 이전의 이야기이긴 하지만.

1999년도 영화 《인정사정 볼 것 없다》 알지? 비지스의 노래 〈홀리데이〉가 깔리는 살인 몽타주 장면은 지금 봐도 그저 감탄사밖에 안 나와. 아티스트 이명세 감독. 그가 인터뷰에서 그랬어. 모니터 앞에 앉으면 자신 말고 어떤 놈도 믿지 말라고.

근데 나는 나를 못 믿는데 어쩔? 젠장! 이렇게 귀도 얇고 우유부단한 내가 감독을 한답시고… 누가 나한테 드라마 PD를 하라고 그랬는지… 원망스럽기도 하여라. 남 탓하기 시작하면 밑도 끝도 없는 우울의 심연에 빠지거든. 나도 그런 적이 있었어. '글루미 선데이' 시절의 어느 날이었어. 어떤날의 〈오후만 있던 일요일〉을 듣고 있는데, 벼락처럼 우리 집 가훈이 나의 전두엽을 강타했어.

'천재와 경쟁할 생각은 꿈도 꾸지 마라.'

어머나, 세상에… 어찌 그리 마음이 편해지던지. 내려놓으면 다 된다는 어른들 말씀이 이런 맥락인 건가!

그래서 어찌 되었냐고? 그 후론 그냥 '나는 나' 하기로 했어. 나 혼자 세상 구하려고 하지 말자. 모르면 물어보자. 대본 보다가 콘티가 정 생각 안 나면 촬영감독 한테 물어보자. 배우들 동선이 안 떠오르면 직접 물어보자. "나는 이렇게 콘티를 짰는데, 연기하기 불편한 거 있으면 얘기해줘." 아님 "어떻게 하는 게 좋아? 방법이 두 가지가 있는데 말이야" 이런 식으로 말이야. 미술적인 부분도 각 담당 전문가에게 물어봐. 어느 게 당신의 베스트냐고. 그리고 젊은 트렌드는 어떤 건지 또 물어봐. 올드하단 소릴 듣고 싶지 않아서. 스태프, 배우하고 쓸데없는 기싸움 안 하니까 너무 좋아. 어딜 가나 사람이 제일 힘들게 하잖아. 이런 것도 감독의 카리스마면 카리스마고 스타일이면 스타일이 되는 거겠지?

감독이 좀 없어 보이나? 음, 그런 면이 없지 않아 있지? 하여튼!

이러려면 실력 있고 인성 좋은 스태프를 캐스팅해야 한다는 대전제가 필요해. 그리고 그들과 라포(친밀한 관계)가 굳건히 형성되어야 해. '우리 인간적으로 잘해보자.' '드라마 현장은 늘 힘들지만 우리끼리라도 즐겁게 일하자.' 거창하게 라포라고 했지만 실은 간단해. 이름을 하나하나 불러줘야 해. 80명 되는 스태프의 이름을 마치 오래 사귄 친구처럼 부르는 거지. 그럼 그들도 알아. 저 감독이 나를 리스펙해주는구나… 저 감독이 내 이름을 불러주는구나.

그대가 극찬한 현장에서의 내 순발력이나 재치는 아마도 나의 이런 콤플렉스가 구르고 굴러서 질적 전환을 이룬 게 아닌가 싶어. 그대는 '나는 미천하고 부족해'라고 표현했지만, 비슷한 맥락 아닐까? 그렇지만 그 얘길 그대 한테 직접 들으니까 왠지 좀 안쓰럽네. 내가 아는 그대는 정말 천재가 아닌가 싶었어. 어떻게 입봉작(《천원짜리 변호사》)부터 그렇게 잘 만들어. 그대는 그 어렵다는 신춘문예도 등단하고 나보다 노래도 잘하고 기타도 잘 치잖아.

너무 띄워주는 거 아니냐고? 음… 살벌하고 삭막한 세상 우리끼리라도 이렇게 위로하며 살자꾸나.

두 번째 작품을 앞두고 있다고? 두세 번 하다 보면 뭔가 더 노련해지고, 멋진 감독 스타일도 풍기고, 인터뷰도 많이 하고, 배우들도 말 잘 듣고 그럴 것 같지? 천만의 말씀, 만만의 콩떡! 1995년 입사해 이 바닥에서 구르며 깨달은 진리 하나 들려줄게.

'창작자는 생활의 달인이 될 수 있다? 없다?'

빙고! 우리는 때려죽여도 생활의 달인은 될 수가 없다. 매번 이 신은 어떻게 찍어야 되는 거야? CG는 어떻게 해야 잘 나오는 거야? 고민할 수밖에 없어. 행여나 예전에 했던 방식으로 촬영하면 주위에서 수근거린다.

“손 감독, 이제 올드해. 은퇴할 때가 됐어.”

그대가 얘기한 두근거림이 제일 중요해! 두근거림… 설렘… 이것만 있으면 어떡하든 공부하고 헤쳐나가게 되는 거 같아. 젊은 날 첫 데이트를 할 때의 설렘… 아기의 볼에 뺨을 갖다 대기 직전의 그 설렘. 좀 약한가? 그럼 첫 키스를 하는 설렘. 이건 빡 오지?

누구나 드라마 처음 할 땐 너무 막막한데, 스트레스받아봤자 몸만 상한다. 그저 도장깨기한다고 맘먹으면 되더라고. 처음부터 잘되는 건 없어. 하나하나 풀어나가자. 힘들면 주위의 도움을 받자. 아, 말이 너무 많으면 꼰대라던데, 그대한테 꼰대처럼 보이는 건 죽기보다 싫군. 여기까지!

요즘 검정치마의 〈기다린 만큼 더〉를 기타로 열심히 치고 있다. 스리 핑거 스타일 멜로디가 너무 아름다워. 일산의 LP 바 ‘도어스’에서 내가 만날 김민기, 송창식, 김광석 노래만 들으니까 그대가 그랬지. “형, 요즘 이 노래 좋아요” 했던 곡.

정재찬 교수의 『우리가 인생이라 부르는 것들』도 삼독하고 있어. 나는 왜 그렇게 시를 해석하고 인생 이야기를 하는 책이 좋은지 모르겠어. 이 지적 허영이란… 우리 여주 의상 갈아입고 변신하는 짬을 이용해서 쓴다. 두 번째 편지는 여기까지. 오늘의 클로징 멘트는 폼 나게 손석희 앵커의 입을 빌려볼게.

"바람은 언제나 당신의 등 뒤에서 불고,
당신의 얼굴에는 항상 따사로운 햇살이 비추길…"

- 아일랜드 켈트족의 기도문

이름

이름을 하나 하나 불러주어야 해.
우리끼리라도 즐겁게 일하자.

우리 나름대로의 영법으로
바다에 길을 내는

존경하는 정현이 형에게

형한테 편지를 보내고 제법 시간이 흘렀네요. 그사이 제 마음에는 많은 일이 있었고, 저는 올여름은 머물러 있지 말자고 결심했습니다. 그래서 교토에서 형의 편지를 받았어요.

교토는 소설 『금각사』 때문에 오고 싶었던 도시예요. 처음 도착한 교토는 생각보다 도시적인 느낌이었어요. 교토역은 거대했고, 나오자마자 아담하고 어쩐지 귀여운 교토 타워가 보였죠.

형의 편지를 읽은 건 교토에서 보낸 셋째 날 정오였습니다. 은

각사를 살피고 철학자의 길을 따라 쭉 내려온 뒤였죠. 우연히 만난 작은 분식점에 앉아 형의 편지를 꺼냈습니다. 형의 다정하고도 유머러스한 말투에 킥킥대다가 문득 한 문장에서 맘을 멈췄습니다.

'창작자는 생활의 달인이 될 수 없다.'

형은 칭찬해주셨지만 《천원짜리 변호사》를 찍을 때의 저는 엉망진창이었어요. 무언가를 다 쥐려고 혹은 전부를 컨트롤하려고 안간힘을 썼던 거 같아요. 욕심이었는지, 자존심이었는지, 아니면 열망이었는지. 홀린 것처럼 무언가를 향해 갔던 그 순간이 문득 떠오르더라고요.

《천원짜리 변호사》를 찍고 난 후에 저는 많은 걸 잃어버렸어요. 크나큰 걸 잃어버렸죠. 그때 이따금, 편집자 김유미 누나가 저한테 해줬던 말이 떠오르곤 했어요.

"재현 감독님, 재현 감독님은 늘 하던 대로 즐겨. 즐기면서 하면 돼. 늘 하던 대로."

하지만 형, 전 즐기지 못했던 거 같아요. 많은 사람이 사랑해준 작품이 되었지만, 많은 사람에게 상처가 된 작품이기도 했어요. 저는 제 마음에 떠오른 목표를 향해서만 달려가고 있었거든요. 배가 고장이 났는데, 그걸 고치는 사람들이 헐떡이고 있는데, 누군가는 조금 멈추고 누군가는 조금 속도를 늦추고 싶은데, 저는 저 멀리 반짝이는 '무언가'를 향해 계속 가자고 소리쳤어요. 결국 배는 침몰해 버렸고요.

형이 저한테 언제나 롤 모델이었던 이유는 형의 마음이 항상 느슨하고 편안한 줄이었기 때문이에요. 때론 이거 너무 헐겁지 않나 싶을 정도로요. 그래서 모두가 '가고 있다'는 사실만으로도 즐거웠죠. 저는 아니었어요. 그렇게 될 수 있으리라 믿었는데.

형이 《멘탈코치 제갈길》을 할 때였어요. 형이 저한테 그런 문자를 보냈어요. "재현아! 형 드디어 시청률 1% 찍었다!" 걱정하고 있던 저는 웃음을 터뜨리고 말았죠. 역시 형이다. 형답다. 내가 존경하고 좋아하는 정현이 형.

2인용 식탁에 오도카니 앉아 형의 편지를 들여다봅니다. 문득 제 여행이 멍청하게 느껴졌어요. 금각사를 보러 교토에 왔다니! 교토를, 여행을, 무언가를 보기 위해 왔다니!

나는 왜 늘 버리는 게 아니라 채우려는 삶을 살고 있을까? 적요롭고 한가한 도시를 거닐면서도 들불 같은 뜨거움을 찾으려고 할까? 아귀처럼 생각을 삼키고 의미를 찾으려 허덕대는 걸까? 지치고 다친 마음이 아물기도 전에 억지로 새살을 덕지덕지 붙이려는 걸까?

주인 할머니가 퉁명스럽게 라멘을 놓아줍니다. 그 바람에 저는 앉아 있던 가게를 돌아봅니다. 그제야 보이는군요. 여긴 '로리안(ロリアン)'이라는 분식점입니다. 낡고 오래된 식탁이 있고, 가게만큼이나 긴 세월이 느껴지는 노부부가 주인장으로 계십니다. 히가시야마 고등학교가 바로 앞에 있어선지 가게 안은 하얀 여름 교복으로 빛이 나요.

37도의 땡볕 속에서 걷느라 지친 저는 허겁지겁 라멘을 삼킵니다. 라멘은 불었고, 국물은 짜고, 일본 어디서나 맛볼 수 있는 간장 라멘 맛입니다. 그렇지만 위안을 줍니다. 이 여름을 버티는 사람들에겐 이렇게 짠 요리가 필요하겠구나. 누군가의 혀를 감탄시키는 요리가 아니라 저들이 흘린 땀을 채워주는 요리가.

'나도 그저 그런 드라마를 만들고 싶었던 건데.'

핸드폰 속에 적어둔 남은 일정을 다 지워버렸습니다. 그리고 금각사에는 가지 않기로 했어요. 터덜터덜 가게를 나왔는데, 주인 할머니가 따라와 두고 온 카메라를 건넵니다. 웃으면서 "와스레다…" 하십니다. 제게는 "잊어"라고 말하는 것처럼 들렸습니다.

금각사를 버리고 발 닿는 대로 갔습니다. 골목을 보고, 사람들을 보고, 그러다 늦은 밤 들른 작은 바에서 일본 사람들과 친구가 되었어요. 말린 청어알과 일본식 토스트를 서비스로 주며, 주인장은 제 인스타 주소를 물어보았고요. 덕분에 모두가 인스타 주소를 교환했습니다. 우리는 교토의 불빛이 사라질 때까지 마셨어요. 손님 중 한 분은 제게 시모가모 신사 축제 기간이니 거기 가보는 게 어떠냐는 정보를 주었죠. 다음 날, 저는 축제에 갔습니다. 유카타를 입은 젊은이들, 가족들, 신사에 가득한 불빛들. 사람들을 따라 신발을 벗고 물길을 따라 들어갔습니다. 이내 당도한 연못에서 초에 불을 붙이고 소원을 빌었습니다.

'부디 제 안에서 욕심이 사라지게 해주세요. 그저 순수하게 즐길 수 있는 마음과 여유를 주세요. 불안이라는 구덩이에 빠지지 않게 해주세요.'

돌아오는 길에 소나기를 맞아 쫄딱 젖었습니다. 버스에 앉아 턱을 괴고 교토를 보았죠. 작고 아담한 건물들, 빛바랜 간판들, 우산을 쓴 사람들. 제게 교토는 금각사의 교토였는데. 그제야 진짜 교토가 보이더라고요. 금각사는 허상.《천원짜리 변호사》를 할 때 제 마음에 있던 목표 같았습니다.

모든 드라마를 마주할 때마다 늘 새롭다고 하셨죠? 매일매일 하는 일을 언제나 새롭게 느끼는 게 얼마나 어려운 것인지 이제야 알겠습니다. 저는 고통스러웠어요. 다음이 무섭고 두려웠어요. 텅 빈 게 들킬까 봐. 거짓과 허세로 점철된 자기 자신이 들통날까 봐. 지도를 그리고, 계획을 짜고, 모든 걸 통제하려 들고….

언젠가 저도 형처럼 자신의 빈자리를 기꺼이 내보이고 허청허청 웃을 수 있을까요? 『숫타니파타』에 그런 말이 있어요. "정복한 나라를 버리고 가는 왕과 같이 나아가라." 형은 늘 새로운 곳으로 여행하듯이 가시더군요.

형이랑 '평상'에 앉아 술을 마시고 기타를 치던 날들이 생각나요. 노래도 하고 시도 읽고, 형이 책도 여러 권 주었어요. 사소하지만 작은 즐거움으로 가득했던 날들이었는데. 저는 이제 그 시절의 저를 다시 찾아가보려고 합니다.

저는 요즘 허수경 시인의 시집을 다시 꺼내 읽고 있어요. 『혼자 가는 먼 집』에 있는 그 킥킥거림을 가지려고요. 조금 비우고 돌아갈게요. 제게 밀려오는 매 순간의 찬란함을 즐길 수 있도록. 다시 현장으로 돌아갔을 때 목표에만 매몰되지 않도록. 형처럼 여행할 수 있도록.

덧붙여, 형은 저한테 한 번도 꼰대였던 적이 없어요. 무엇보다 형과 함께 나누는 '지적 허영'은 정말 좋았고요. 이토록 거대하고 다양한 삶과 세상을 뭐라 부를 수 없으니까 작가들은 글을 쓰고, 연출가들은 영상을 만들고, 철학자들은 사색에 잠겨 새로운 개념들을 발굴해내는 거 아닐까요? 그래서 형과 '지적 허영질'이란 걸 해

대고 있으면, 거대한 바다에서 우리 나름대로의 영법으로 바다에
길을 내는 느낌이 들곤 했어요.

　다음 여행지에서 형 편지 기다릴게요.

　늘 길을 보여주셔서 감사해요.

교토여행

할머니가 웃으면서 '와스레다' 하셨습니다.
제게 '잊어'라고 말하는 것처럼 들렸습니다.

악마와 거래를 해서라도
시청률은 무조건 잘 나오고 볼 일

다시 애정하는 재현에게

어머! '존경하는' 정현이 형이라니…. 내가 무슨 맥반석 오징어도 아니고 이런 오그라드는 멘트라니! 서로의 정신 건강을 위해 반사하겠음.

교토 금각사를 가지 않은 건 정말 잘한 일이구나. 절대미의 상징이었던 금각사를 대신해 욕쟁이 할머니의 라멘, 소나기, 선술집, 골목길, 그리고 사람들. 그런 곳에서 아름다움을, 드라마적인 질료를 발견한 너의 감성 여행이 부럽다.

사실 미시마 유키오를 별로 좋아하지 않거든. 이렇게 얘기하면 그의 유려한 글과 문학 세계를 조금 아는 것처럼 보인다만 전혀! 네버! 나는 단지 그가 극우 인사였다는 것과 1969년 도쿄대 야스다 강당 점거 농성 시 혈혈단신으로 '전공투(전국학생공동투쟁회의)'와 토론을 벌였다는 것. 그리고 '천황폐하'를 외치며 할복했다는 사실 말고는 잘 몰라. 개인적으로 연민을 느낄 수는 있으나 결코 동의할 수 없는 세계관을 갖고 있는 작가지.

우리에게도 그런 분 있잖아. 시에서 일가를 이루신 분. 일제강점기에는 가미카제를 미화한 「마쓰이 오장 송가」를 썼고, 군부독재 시절엔 전두환을 "세상을 구할 미륵의 미소"라 했던 분. LP 바 칠공 사장님이 그러시더라. 어떤 인간이 괜찮은지 아닌지의 판단은 사안별로 봐야 한다고. 느낌이 오지 않니? 그러니 행여나 내가 갑자기 연또('연출 또라이'의 줄임말)가 될 기미가 보이면 가차없이 형의 뒤통수를 강타해주렴. 너무 세게는 아프니까. 살살.

첫 작품 하면서 나름 많이 상처 입었구나. 나도 그런 적 있어. 내 작품 목록에서 지워버리고 싶은 작품이 있거든. 시청률은 점점 떨어지지… 대본이 썩 맘에 안 들지만 '쇼 머스트 고 온'. 방송 펑크 안 내려면 나가야지, 배우들은 돌아가면서 골질하지, 촬영감독은 뭐가 그렇게 불만인지 징징 대지. 하루는 배우가 대본이 맘에 안 든다고 촬영을 펑크냈는데, 봉고차에서 담배만 한 갑 줄줄 피워대다가 정신 안 차리면 이러다 큰일 나겠다 싶었지. 잠깐! 그래도 너는 《천원짜리 변호사》 시청률 대박이었잖아? 얘기하다 보니 화나네!

너 시청률 1% 찍어봤어? 어딜 지금 갖다 대니, 갖다 대길… 그때 내가 보낸 톡의 정확한 표현은 이렇다.

"재현아… 살다 살다 1%도 찍어본다! 흑흑"

뭔가 톡에 말할 수 없는 아픔 같은 게 스며있지 않니? 첫 방송 나가는 날 아침에 우리는 절대 밥을 말아 먹지 않잖아. 프로그램 말 아먹을까 봐 계란프라이도 안 먹어. 깨질까 봐. 미역국은 특히나 금물이지. 미끄러지면 안 되니까. 그런데 그날은 정말 아무도 연락이 없는 거야. 하다못해 "어제 첫 방송 잘 봤어요" "완성도는 좋던데" "끝까지 화이팅!" 이런 들으나마나 한 위안 문자조차도 없는… 뭔가 예전과는 다른 싸함이 느껴졌지. 너무 연락이 없어서 핸드폰으로 시청률을 검색했지. 그랬더니 1.5%가 나오더군. 뜨악! 순간 정적. 내가 1.5%의 시청률을 받았는데도 세상은 너무나 아름답게 흘러만 가더구나. 그 와중에 나의 안티 세력은 고소하다고 좋아했으려나?

환자들이 불치병 진단을 받았을 때 겪는 감정 5단계를 정확히 거치더라. 부정, 분노, 인정, 타협, 우울. '이럴 수가… 배우들 연기도 좋고, 메이킹도 그 정도면 나쁘지 않은데… 이게 이런 수치를 받을 만큼 후진 드라마인가? 신은 왜 나에게 이런 고통을 주시나?'부터 시작해서 결국 받아들일 것은 받아들이고 인정할 건 인정하는 단계까지, 냉혹한 현실 인식과 우울의 단계를 통과하고 난 다음에야 너에게 마치 해탈한 듯한 톡을 날릴 수 있었지. 차마 너에게는 "죽고 싶지만 평양냉면은 먹고 싶어" 이렇게 날릴 수는 없잖아. 징징대는 애들이 제일 싫거든.

작가들은 시청률을 위해서라면 파우스트처럼 악마와의 거래도 불사한다고 하던데, 이런 기분이구나 싶더라. 10년 만에 겪는 PTSD(외상 후 스트레스 장애)였어. 박완서 선생님 소설 『나의 가장 나중 지닌 것』에 이런 비슷한 문구가 있었어.

"아무렇지 않을 것 같은 일을 겪은 사람이 아무렇지 않게 보인다면 그 사람의 속이 몇 번이고 절망의 끝에서 무너졌을지 우리는 모른다"

예전에 어떤 선배가 유명한 막장 드라마를 연출했는데, 어느 날 시청률표를 손에 든 조감독이 숨가쁘게 달려와 말했대. "형, 드디어 시청률 20% 찍었어요!" 그랬더니 그 선배의 잊을 수 없는 반응.

"설마? 우리 프로가?"

1) 제작 과정에서 연출, 작가, 배우, 스태프들이 심한 마상(마음의 상처)을 입지만 시청률은 대박인 드라마.
2) 현장 분위기와 제작은 더없이 훌륭한데 시청률은 기대 이하인 드라마.

너라면 어느 쪽을 선택할래? 아, 어렵다, 그렇지? 예전에 농담처럼 스태프한테 "드라마는 무엇입니까?" 하고 화두를 던졌더니 다들 '뭘 이런 걸 우리한테 묻지?' 하는 분위기였는데, 지나가던 동시녹음 전희선 형님이 한마디 하시는 거야.

"드라마는 시청률이지. 열심히 만들면 뭐 해? 사람들이 봐야지, 크크."

나는 지금 고르라고 하면 바로 1번을 선택하지. 전작이 좀 대박 난 경우라면 그래도 "2번을 포기할 순 없지"하며 잘난 척을 하겠지만….

가끔 신인 배우들 앞에서 그런 얘기 하거든. "흥행은 아무도 모른다. 신의 영역이다. 어벤저스급 작가, 감독, 배우가 모였다고 해도 흥행이 안 되는 경우도 많다. 그러나 드라마는 가도 사람은 남는다. 그러니 과정을 즐겨야 한다. 드라마가 흥행 안 되어도 좋은 사람 두세 명만 건지면 성공한 거다." 살짝 있어 보이지?

이렇게 잘난 척하며 얘기하지만 정작 나도 잘된 드라마의 배우들과 스태프하고만 오래오래 연락해. 이상하지? 그래서 사실은 악마와 거래를 해서라도 시청률은 무조건 잘 나오고 볼 일인 거야. 아니면 시청률은 좀 아쉬워도 《나의 해방일지》나 《경성스캔들》처럼 엄청난 화제성을 몰고 다니든가.

입봉이 PD들한테는 한 번밖에 없는 승진이라고 하잖아. 그만큼 통과의례가 세지. 입봉 감독이라고 주위의 간섭도 많고, 다들 좀 우습게 보는 것 같기도 하고. 웬만한 강철 멘털 아니면 그 과정을 혼자 온전히 버티기 힘들어. 그러니 내적으로는 끊임없이 고민하되 외적으로는 연대를 구해야 외롭지 않아. 세상 곳곳엔 그래도 선의의 세력들이 있어서 너의 손을 잡아주거든. 암튼 그 어렵다는 입봉 과정을 서툴지만 훌륭하게 통과한 너에게 축하! 다음엔 정신적, 육체적 상처 없이 잘해나가길 바란다. 처음부터 잘하는 인간은 없다! 인생에서 제일 두려운 것이 '소년 급제'라더라. 쉽게 얘기하면 첫 끗발이 개 끗발이다. 이런 말씀!

이제 너랑 나는 선후배가 아니고 라이벌 감독이야. 계급장 떼고 붙는 거지. 모름지기 후배는 '선배 세대 드라마를 거부한다!' 같은 당참이 있어야 해. 뒤통수를 강타해줘야지. 그래야 우리도 긴장하지. 하지만 정말 너랑은 다른 플랫폼, 동시간대에 편성되어 싸워야 하는 동족상잔만은 피했으면. 가끔 그런 상상을 해. 너랑 붙었는데 나는 폭망, 너는 대박. 과연 그 상황에도 내가 너를 진심으로 축하해줄 수 있을까? 너의 위로를 질투 없이 받아들일 수 있을까? 어렵다. 인생은 너무 어려워. 그렇지만 미리 걱정을 가불하진 말자. 걱정의 80%는 절대 일어나지 않는다잖아.

여기는 거제도. 《반짝이는 워터멜론》에 나오는 1995년도 홍대 거리를 재연하느라 여기까지 내려왔다. 체감온도가 40도는 되는 거 같네. 살다 살다 이런 폭염은 처음인 듯해. 이젠 더위도 재난이다. 지구가 아프긴 아픈가 봐. 스태프들 점심 저녁 두 시간씩 휴게 시간을 줘도 걱정이다. 누가 하나 쓰러지지 않을까… 이 더위에 형은 이렇게 고생하는데, 너는 교토에서 생맥주라니. 맥주가 넘어가냐? 넘어가?

즐거운 여행, 굿힐링하시고, '도어스'에서 기타 배틀할 날을 손꼽아 기다린다.

너의 노래가 듣고 싶다. 신청곡. 〈베테랑 그녀!〉 너의 자작곡.

시청률

내가 1.5프로의 시청률을 받았는데도
세상은 너무 아름답게 흘러만 가더구나.

하늘과 구름이 아름답고,

땅 위의 모든 것이
평화롭고,

고요하다.

...지나치게
고요하다.

점점 모르겠어요.
연출이 뭘까요?

이기고 싶은 정현이 형에게

'존경하는'이란 표현이 오글거린다고 해서 이번 편지는 '이기고 싶은'으로 붙여보았습니다. 하하하.

교토에서 시원한 맥주를 들이켠 후 귀국하자마자 포항에 짐을 풀었습니다. 서머 하우스로 쓰는 이모네의 작은 시골집이에요. 바다가 바로 앞에 있어서 아침이면 의자랑 책을 들고 해안가로 나갑니다. 지구가 뜨거워지고 있다는데, 이제 다시 즐길 수 없는 날들인지도 모르겠어요. 모래톱에 앉아 하염없이 바다를 바라보고 있으면 서울의 일들이 아득하게만 느껴질… 뭐, 그럴 뻔도 했어요. 하필, 집 앞에서 영화를 촬영하고 있어 제 평화는 산산이 부서지고 말았거든요. 보는 내내 '아, 형도 이 땡볕에 찍고 있겠구나' 하는 생각이 들었습니다. 제가 그래도 형 걱정을 하거든요. 정말로요. 스노클 물고 바다로 들어가는 순간, 바로 까먹기는 했지만요.

조감독, 조감독, 조감독, B팀, 조감독, B팀. 거의 8년을 그렇게 보냈어요. 10년간 천리행군 하는 기분으로 걷다가 이제야 숨을 돌리는 것 같아요. 그 긴 시간 동안 억눌러왔던 많은 생각들 속에 파묻혀 삽니다.

《키스 먼저 할까요?》 끝나고 우리끼리 했던 치맥 파티 기억하세요? 그때 누군가 물었어요. 드라마가 끝나면 빠져나오는 데 얼마나 걸리냐고요. 형이 말씀하셨죠. 대부분의 스태프는 금방 빠져나오지만, 연출은 제법 오랜 시간이 걸린다고요. 그 얘기를 요즘 절감해요.

전 아직도 《천원짜리 변호사》의 여운 속에 있는 것 같아요. 상념에 젖었다기보다 마음이 텅 빈 그런 상태로요. 작품으로 꽉 찼던, 하지만 이젠 공허한 마음의 자리를 어찌할 수가 없네요. 촬영 중이던 어느 날인가? 편집실에서 한참 동안 함께 있던 날, 남궁민 선배가 맥주를 한잔하자 하더라고요. '엉클 조' 아시죠? 거기서 둘이 맥주를 먹었어요. 밤 12시가 넘은 시간이었죠. 비는 추적추적 내리고. 선배도 저도 한껏 취해버렸어요. 헤어지려는데 민 선배가 저한테 그러더라고요.

"감독님, 나는 있잖아요. 최선을 다해서 드라마를 만들고 싶어요. 그렇게 드라마를 만들고 관객들이 좋아해주면요, 그럼 살아 있는 기분이 들어요. 좋은 물건을 사는 거, 맛있는 음식을 먹는 거, 어릴 땐 그런 게 의미가 있다고 생각했었죠. 하지만 연기를 하면 할수록요, 내 연기가 사람들을 울리고, 웃기고, 즐겁게 해주는 거, 이젠 그게 제일 좋아요. 그렇게 살다 죽고 싶어요."

민 선배가 차에서 우산을 꺼내 저한테 주더군요. 그러곤 "감독님, 사람들은 언젠가 다 내려오게 되는 거 같아요. 전 올라가는 사람들을 보면 부러워요. 그러니까 올라가는 지금 이 순간을 즐겨요. 나 갈게요. 현장에서 봐요!" 하고 사라졌어요. 저는 그 뒷모습이 유독 쓸쓸하고도 지쳐 보였어요. 그러면서도 행복하고… 뭐랄까? 고독해 보였죠.

시청률, 납기, 빠듯한 촬영 시간 속에서도 놓치지 말아야 할 장면들의 목록. 납으로 만든 무거운 추를 매단 채 드라마라는 바다에 풍덩 빠져선 하염없이 빠져들기만 했던 시간이 지나고 난 후, 저는 지금 하염없이 가벼워진 제 상태를 어떻게 수습해야 할지 잘 모르겠어요. 두려움과 부족함만이 더 선명해져서는.

점점 모르겠어요. 연출이 뭘까요? 연출에 자격이 있다면 그건 또 뭘까요? 제가 《천원짜리 변호사》를 찍고 있을 때, 제 동기인 한태섭 감독은 《치얼업》을 찍고 있었어요. 한태섭은 자기만의 세계가 확고하죠. 입사 때부터 그랬어요. 연출로서 무엇을 구현하고 무엇을 만들어갈지. 조감독 땐 말이죠, 휴가를 떠나면 여행지에서 꼭 무슨 영상 같은 걸 찍어 오곤 했어요. 여행을 가서도 그러고 싶을까?

조막만 한 방에서 3년을 함께 뒹굴면서 그는 매일 연출 이야기를 했던 것 같아요. "그거 봤냐?" "어떻게 찍었을까?" "그 감독은 무슨 생각을 하고 있었을까?" 맞장구를 쳐주긴 했지만 사실 지긋지긋했죠. 그러면서도 저는 '아, 이런 사람이 연출을 해야 하는데'라고 생각했던 것 같아요.

마침 옆 세트에서 찍고 있길래 《치얼업》 현장으로 놀러 간 적이 있었죠. 한태섭 얼굴도 볼 겸, 치얼업도 해줄 겸. 근데 환하게 웃고 있더라고요. 찍고 있다는 사실 자체가 즐거워 견딜 수 없다는 얼굴로요. 아, 나였으면 죽을상이었을 텐데. 이 사람 대단하구나. 그런 생각이 들더라고요. 《치얼업》은 참, 다사다난한 일이 많았거든요. 품이 굉장히 많이 든 촬영이 있었어요. 연고전이었죠. "원, 투, 스리" 하고 짠! 바뀌는 그 장면으로 시청자들에게 유명한, 진짜 멋진 장면이요.

하지만 다들 모를 거예요. 땡볕 아래서 그 거대한 장면을 촬영

한 날 밤, 촬영분이 장비 문제로 인해 모조리 날아갔어요. 시간과 돈과 모두의 노력이 고스란히 들어간 그 장면 말이죠. 그런데 그 사실을 알고 난 후 한태섭은 잠깐 고민 하더니 웃으며 "다시 찍자"고 했대요. 화도 내지 않고요.

형도 아시다시피, 저랑 한태섭은 방송 바닥에서 만나 10년을 형제처럼 지낸 사이잖아요. 그 긴 기간 동안 저는 그 인간의 감정이 드러나는 걸 본 적이 없어요. 새벽 5시에 들어와 눕지도 않고 앉은 자세 그대로 한 손에는 대본, 한 손에는 스케줄표를 들고 보다 잠드는 인간이었죠. 제가 잠든 그 인간을 눕혀서 이불을 덮어주는 일이 잦았어요. 그땐 항상 잠에 취한 채 "나 한 시간 뒤에 나가야 해" 그러더라고요. 그걸 보며 이 인간은 신이 스위스 시계 장인의 핀셋을 빌려 설계한 게 틀림없다고 생각했죠.

《치얼업》도, 《천원짜리 변호사》도 다 끝난 2022년 겨울 어느 날이었어요. 둘이 파주 운정에서 술을 먹은 뒤 택시 타고 집으로 오는 길에 한태섭에게 물었죠. "형, 안 힘들었어?" 조금 취해서 그가 말하더군요.

"안 힘들었는데? 난 정말 재밌었어."

창문으로 새어든 가로등 불빛이 한태섭의 얼굴을 스쳤어요. 그 인간이 씩 웃는데, 그 웃음이 되려 저한테 이상한 안도감을 주더라고요.

같은 시기 입봉을 준비할 때, 저도《치얼업》대본을 봤어요. 참 좋은 대본, 참 잘 쓴 대본이다 싶었죠. 다만 저는요, 마음이 떨리기 전에 이 장소와 인물들과 무대를 구현할 자신이 없었어요. 흔한 말로 판이 컸고 연출이 해야 할 게 많았거든요.

《천원짜리 변호사》는 제가 할 일이 그다지 많지 않았어요. '작가님과 배우에게 기대 가면 되겠구나.' 연출이 숨을 곳이 보였죠. 《천원짜리 변호사》는 배우들과 작가님, 그리고 스태프의 등에 업혀서 올라간 등산이었어요. B팀 감독이었던 중훈이, 조감독이었던 현우와 소연이, 편집실의 영아 누나, 촬영·조명 감독들 그들이 아니었으면 전 아무것도 아니었을 거예요. 그러고 나니까 '난 뭘 연출했지? 난 대체 뭘 한 거야?' 그런 생각이 들더라고요.

아시겠지만 저는 생각이 많은 편이에요. '잘될까? 돈은 많이 들까? 내가 잘 해낼 수 있을까?' 《키스 먼저 할까요?》때 배유미 작가님이 쓴 대사 중에 이런 게 있었어요. 정확히 기억나지는 않지만 "맞는 거 말고 좋은 거. 그걸 해요".

올 초에 대본 두 개를 받았어요. 모두 훌륭한 대본이었지만 논리보다 마음이 더 떨리는 걸 선택했죠. '이게 맞는 선택이 될까?' 또 이 질문이 떠올라서 스스로 그랬죠. '맞는 거 말고 좋은 거. 좋은 거

를 하자. 내가 좋은 거.’ 이제 다시 물어보게 되네요. ‘그럼 좋은 게 뭘까? 내가 좋아하는 건?’

“재현아, 그거 아냐? 드라마 연출은 있지, 나이가 들고 삶이 깊어질수록 좋아진다.”

이건 ‘평상’에서 기타를 치던 형이 해주신 말. 그날 이후로 카메라, 편집, 시나리오. 그런 걸 공부하기보다 삶을 이해하려 애쓰자고 다짐했던 거 같아요.

드라마 만드는 일이 참 이상하기도 하죠. 때로는 삶이 아니라 드라마를 하는 일, 그 자체가 인생을 깊게 만드는 거 아닌가. 선배들이 저토록 깊은 건 원래 깊어서가 아니라 드라마를 해서 그리 된 건 아닌가. 어느 날 이런 생각이 들더라고요. 수찬이 형은 이런 얘기도 해줬어요.

“재현아, 콘티는 문체랑 같아서 그냥 묻어나오게 되어 있어. 연출의 색깔이.”

겉으론 강하고 꼬장꼬장하지만, 그 형의 드라마를 보면 어찌나 동화 같고 앙증맞은지. 생각해보면, 연출이란 자신의 관점을 밀어

붙이는 것 아닐까. 그게 형이 말한 '나이 듦의 연출'과 관계가 있지 않을까. 그러다 보니 이런 생각이 들더라고요.

'형들은 자신이 좋아하는 걸 드라마를 하며 발견해갔을지 모른다.'
'그러니까 연출의 자격이 있다면, 자기가 뭘 좋아하는지를 아는 것 아닐까?'

몇 년 전 술을 먹을 때, 형이 저희 엄마랑 통화를 하고 싶다고 하셨어요. 전화로 말씀하셨죠. "어머니, 저 재현이 회사 선배 손정현이라고 합니다. 어머니, 어떻게 이렇게 훌륭한 아들을 낳으셨어요? 아, 너무 훌륭해!"

엄마는 얼마나 뿌듯했을까요. 저는 형의 드라마가 그런 드라마라고 생각해요. 삶이 거대한 벽에 가로막혔을 때, 벼랑 끝이라고 여겼을 때, 형의 드라마는 늘 말하더라고요.

"와, 너 대단하다. 어떻게 그렇게 살았냐. 존경한다. 진짜 멋있다, 너."

'사람을 위한다.' 그런 걸 생각하면 울컥해요. 형은 모든 사람에게 용기와 희망을 주는 사람 같고, 다정하고, 그늘에 있는 사람들을 빛으로 끄집어내 의미 있게 만들어줘요. 저한텐 어쩌면 그게 형의 세계일지 모르겠다 싶어요. 형이라는 사람의 결이 드라마에 묻어나는 순간이요. 제가 형을 좋아하는 이유랑 형의 드라마를 좋아하는 이유가 같더라고요.

이 판에서 무수한 사람들을 만나지만 외골수든, 괴짜든, 다정한 이든 제게 존경을 불러일으키는 사람은 모두 자신을 증명하는 게 아니라, 다른 이들을 위해 무언가를 만들고 있더라고요. 위안. 용기. 희망.

전 그런 게 좋아요. 한 작품을 끝내니 갓 태어난 아기처럼 제가 잘할 수 있는 것과 좋아하는 것을 곱씹습니다. 곱씹고 곱씹어서 제가 좋아하는 걸 발견하고 싶어요. 그래서 언제가 형에게 듣고 싶어요. 시청률이 아니라 형이 진심으로 하는 말. "재현아, 네 드라마 정말 좋더라. 정말 좋았어. 위안이 됐어." 그럼 저도 생각하지 않을까요? '와, 내가 손정현을 이겼어!' 하고요.

해가 저무네요. 노을을 따라 집으로 돌아가야겠어요. 카페로 올 때는 왼쪽 옆구리에 파도를 끼고 있었는데, 돌아갈 때는 오른쪽 옆구리로 낙조를 품게 되네요. 하루가 저무는 모습을 보며 세월에 대해 생각합니다.

서울 올라가서 연락드릴게요. 고기 사주세요, 형!

지금

올라가는 지금 이 순간을 즐겨요.

안 힘들었는데?
난 정말 재밌었어.
삶이 깊어질수록
연출은 좋아져.
올라가는 지금 이 순간을 즐겨요.

올라가는 지금 이 순간을 즐겨요.

야구 감독하고 비슷한 게
드라마 감독

언제나 그 자리에 재현

이기고 싶은 정현이형이라 음… 너는 굳이 이 착한 선배를 꼭 이겨 먹어야 겠니? 같이 먹고살면 좀 안 되겠니? 너는 계속 광석이 형 노래처럼 '서른 즈음에'로 살 것 같지? 나도 그럴 줄 알았다. 흥!

내가 너희 어머니랑 통화한 적이 있다고? 술이 많이 취했었나 보다. 언젠가부터 술에 취하면 돌아가신 우리 엄마가 그리워져서 그런지 절친이나 친한 후배 엄마하고 통화하는 이상한 습관이 생겼어. 실수나 안 했는지 그래도 너를 잘 키워준 어머니께 감사하고 싶은 마음도 반은 있었을 거야.

너의 글 중에 8년을 조감독, B팀으로 천리행군을 했다는 대목이 젤 마음 아프더구나. 드라마《그들이 사는 세상》에 송혜교의 내레이션이 있어. 유년기, 사춘기를 노희경 작가 특유의 문학적 표현으로 유려하게 쓰다가 드라마 조감독 시기는 "내 인생의 암흑기"라고만 한마디하고 툭 지나가지.

나도 내 조감독 시절은 돌아보기 싫다. 재수 시절, 군대 시절, 조감독 시절. 내 인생의 3대 암흑기. 나는 조감독 시절 하도 욕을 먹어서 삐삐 끄고 잠수 탄 적도 있어. 일을 더럽게 못 하기도 했지. MBTI가 지금은 ENFJ지만 그 시절에는 P 성향이 아주 강했거든. 방송 일은 J형들이 잘하잖아. 칼같이, 똑 부러지게. 성향상 그게 안 된 거지. 그러고 보니 연출의 첫 번째 자격은 입봉할 때까지 무한 인내해야 하는 진득함이 아닌가 싶다.

연출의 자격? 조건? 어렵다, 어려워. 선배라고 뭐든 다 아는 건 아니다. 1995년도 MBC 드라마 중에《TV시티》란 게 있었어. MBC는 그때 드라마 왕국이었거든. FD 출신 남자 주인공(권오중)이 고생 끝에 연출로 입문해서 성공한다는 얘기. 그때 업계 사람들은 FD가 연출 입문하는 일은 절대 없을 거라고 했거든.

근데 최근 드라마 호황기 때는 FD와 계약직 조연출을 거친 친구들이 연출로 입문해서 더 잘나가는 경우도 많이 생겼잖아. 꼴에 언론 고시 통과한 공채 출신이라고, 나도 SBS 재직 시절엔 잠깐 배아파했거든. 근데 프리랜서 연출가가 되어서 정글에 나와 보니 그런 구분은 하등 의미가 없더라고. 학벌은 3개월 만에 탈색된다고하더니 이 바닥도 마찬가지야. 그들 역시 FD나 조감독 시절 우리만큼이나 힘들었겠지.

가끔 특강을 나가면 이런 질문을 받아. "어떻게 해야 드라마 연출가가 될 수 있나요?" 첫 번째 지름길은 공채야. 레거시 미디어라하지만 방송 3사나 플랫폼들이 가진 경험과 시스템을 무시할 순 없지. 스튜디오드래곤이나 JTBC 공채도 좋아. 두 번째는 '영화아카데미'나 한예종 영화과 출신이 영화감독을 하다가 넘어오는 경우. 영화아카데미 출신 후배가 어느 날 피곤에 쩔어 있는 나에게 그랬어. "형, 월급 받으면서 찍는 게 얼마나 축복인데요." 세 번째는 FD나 계약직 조연출로 시작했지만, 이쪽 바닥에서 성실함과 유능함을 인정받아 B팀을 공동 연출하다가 메인 연출자가 되는 경우. 크게 이렇게 세 갈래로 나눌 수 있지. 우여곡절과 고군분투 끝에 입문하게되면, 이제 서로 계급장 떼고 붙는 거지. 이렇게 공평한 바닥이 어딨어? 안 그래?

연출 입문 시절 술자리에서, 그해《피아노》로 백상예술대상 연출상을 받은 오종록 선배한테 한 번 취중 진담을 해본 적이 있어. "형, 어떻게 하면 연출을 잘할 수 있는 겁니까?" 딴에는 술기운을 빌려 진지하게 물어봤는데… 선배의 답은 이거였어.

"뭐 그런 걸 묻고 카노? 다 같은 연출자끼리는 그런 거 묻는 거
아이다."

야구 좋아해? 가끔 야구 감독하고 비슷한 게 드라마 감독이 아
닌가 싶어. 일단 욕을 무진장 배불리 먹어. 불특정 다수로부터. 우
린 그래도 작품이 괜찮으면 칭찬도 받고 그러잖아. 남궁민 씨가 취
중진담으로 얘기한 게 그런 의미지.

"내 연기가 사람들을 울리고, 웃기고, 즐겁게 해주는 거. 이젠
그게 제일 좋아요. 그렇게 살다 죽고 싶어요."

근데 야구 감독은 우리보다 더 불쌍한 게 이겨도 욕먹고, 우승
시켜도 욕먹어. 야구팬들은 왜 그리 화가 많은 거니? 토미 라소다
감독 들어봤지? 메이저리그 전설의 감독. 그분이 그랬어. 감독의
가장 중요한 덕목은 바로 "클럽하우스 케미스트리(clubhouse chem-
istry)"다. 무슨 소리냐고? 쉽게 얘기하면 이런 거야.

'게임은 선수가 하는 거고, 감독은 다만 선수들이 기분 좋게 경
기할 수 있도록 팀 분위기를 만드는 데 최선을 다해야 한다.'

전 WBC 한국 대표팀 김인식 감독이 그랬어. "감독의 조건은 선수를 보는 눈도 있어야 하지만, 따뜻한 가슴이 제일 중요하다. 아랫사람들의 잘못을 감싸안을 수 있어야 하고, 때로는 못 본 척도 해야 한다. 그 속에서 감독은 고독을 절실히 느낀다."

가정으로 보면 아버지 같은 역할 아닐까?

연출은 정말 할 일이 많아. 너도 공감하는 바겠지만, 일일이 나열해볼까? 숨 막히게 아름다운 미장센을 만드는 것도 중요하지. 솔메이트인 작가에게 끊임없는 영감과 아이디어를 주는 것도 중요하지. 배우들이 맘껏 끼를 발휘할 수 있도록 좌판을 깔아주는 것도 중요하지. 현장 스태프들이 나를 믿고 따르게 하는 리더십도 중요하지. 거기다 편집, 음악 후반 작업 과정은 또 얼마나 중요하고. 믿고 보는 작가, 감독, 배우라고 흔히들 얘기하잖아. 나는 거기다 편집, 음악을 꼭 넣어. 그만큼 중요하지. 이 모든 걸 관통하는 것은 김인식 감독이 얘기한 '따뜻한 가슴'이 아닐까 싶어.

'따뜻한 가슴.' 그게 있으면 이 모든 게 가능하다는 확신을 가지고 얘기하면 좋으련만… 드라마 현장이 온갖 사람이 모이는 곳이라 곳곳에 빌런들의 디테일이 살아 있지. 연기는 더럽게 못 하면서 요구 사항은 많은 배우. 글은 완성도가 없으면서 목에 힘주는 작가. 말만 앞서고 게으른 스태프. 드라마 완성도나 스태프의 복지보다 오직 돈을 아끼려는 제작 PD.

참고 참다가 어느 정도 선을 넘었다고 판단되면 어떡하냐고? 빌런들을 척결해야지. 읍참마속의 대의명분을 걸어서. 연출자는 때론 독립운동하는 비장함으로 과감하고 냉정하게 이런 빌런들을 내칠 줄도 알아야지. 말은 이렇게 멋있게 하지만, 나도 실은 맘이 여려서 잘 못 하긴 해. 얘기하다 보니 연출은 '따뜻한 가슴'을 가진 리더일 때도 있지만, 때론 냉철할 줄도 아는 다중인격의 가면을 써야 하는 것 같다.

두 번째 작품을 앞두고 '내가 좋아하는 것과 잘하는 것은 무엇일까?' '둘 중에 어떤 것을 먼저 택해야 하는 걸까?' 하는 딜레마에 빠졌구나. "야, 그걸 왜 나한테 물어봐. 네가 알아서 해야지. 혼자서도 잘해요. 몰라?"하고 윽박지르고 싶은 마음 굴뚝같지만… 선배로서 품위를 지켜야지. 정답이 어딨어? 그냥 해보면서 공부하는 거지.

"400승을 해봤으면 400패도 해봐야 비로소 감독이 된다"고 김인식 감독이 그랬어. 뭐, 그 전에 짤린다고? 하… 패자 부활의 기회가 점점 없어지는구나. 세상 정말 삭막하다.

내 경험치로 얘기하자면, 사실은 잘하는 걸 먼저 하는 게 좋아. 잘하는 것으로 먹고사니즘의 문제를 해결한 다음, 좋아하는 걸 살살 건드려보는 게 낫지 않을까 싶은데, 이런 경우가 있긴 해. 나는 로망이 《태백산맥》이나 한국판 《포레스트 검프》 같은 대작을 은퇴하기 전에 꼭 한번 해보고 싶지만, 나를 잘 아는 편집자 미경 씨가 그러더군. "감독님은 코미디나 멜로를 훨씬 잘 찍고 잘 맞아"라고.

나는 나를 볼 수가 없다. 그게 우리의 딜레마인 거지. 근데 좀 더 솔직히 얘기하면 '가슴 떨림'이 정답이야. 설사 결과가 어떻든 '가슴 떨림'이 있으면 작품을 끝까지 열정을 갖고 하게 되더라고. 인생에 올바른 선택이란 없지. 한번 선택하면 돌아보지 말고 그 선택을 옳게 만드는 과정이 있을 뿐이야. 감사한 게, 너는 그래도 언제나 무슨 작품을 하든 늘 '네 편'이 있잖아. 말로 다 할 수 없는 축복인 거지. 왼쪽 맨 뒤 끝에서 손들고 있는 나도 보이지?

경북 군위 화본역에서 《반짝이는 워터멜론》 9부 엔딩 촬영을 준비하고 있다. 《화양연화》 1부 엔딩을 찍은 곳인데, 일종의 장소 재활용이지. 간이역이 여기보다 이쁘고 애틋한 정서를 자아내는 곳은 없는 것 같아서. 서울에서는 잘 볼 수 없는 가을 코스모스가 여기서는 지천에 널려 하늘거리는구나. 잠시 촬영 스트레스를 접고 가을 정취에 흠뻑 젖는다.

이제 나는 곧 첫방이란다. 두근두근. 드라마를 그렇게 해도 늘 첫방은 심장이 쿵쾅대. 애써 의연한 척할 뿐이지. 이번에는 전작보다 결과도 훨씬 좋아서 두루두루 성과를 나눠 가지면 좋으련만. 진수완 작가는 《시카고 타자기》 이후 6년 만의 작품이야. 나보다 더 떨리고 심장 맥박이 평소보다 두 배는 쿵쾅거릴 것 같아.

수어를 코다[1]처럼 하고 기타를 천재처럼 연주하느라 고생한

려운이도 눈에 밟히고, 밴드 공연 하느라 힘들었던 현욱이랑 밴드 멤버들도 눈에 밟히고, 우리 현장을 너무나 사랑해줬던 인아와 은수도 눈에 밟히고, 연달아 두 작품을 같이하는 우리 연출부들도 어디 가서 목에 힘이라도 줬으면 좋겠구만. 현장을 늘 평온하게 해주고 아름다운 그림을 담아낸 황민식 감독, 종근이 형, 희선이 형, 다들 종방연 자리에서 환한 웃음을 터뜨렸으면 하는 아주 소박한(?) 바람을 전하며, 《반짝이는 워터멜론》 잘 마무리하고 얼른 따뜻한 선후배들과 불멍을 때리면서 수다 떨고 싶구나.

그럼 이만 총총히.

마음이 움직이는
사람이 있다고 해요

언제나 앞에 계신, 정현이 형에게

공기가 변한 게 느껴져요. 가을이 밀려오고 있는 것 같아요. 형의 편지를 받고 나서 시간이 훌쩍 지났네요. 너무 뒤늦게 답장을 드립니다.

우리의 편지를 펼치는 사람들은 이 책에서 어떤 맘을 기대할까 고민해봤어요. 지나치게 개인적이고도 추상적인 고민을 늘어놓는 건 아닐까? 쓰다 보니 문득 그런 생각이 들기도 하더라고요. 이제는 조금 실용적인 이야기를 할 때가 아닌가 하는 생각이 들어서 화제를 조금 전환해보려고 해요.

　시간을 밟고 조금 옛일로 돌아가서 SBS 입사 시험을 치던 날을 떠올려보려고요. 2014년이었어요. 대학 졸업을 앞두고 있었지만 저는 뭐 토익 점수도 없고, 그럴듯한 여행 경험도 없고, 자격증 같은 것도 없었어요. 형도 아시다시피 시만 쓰는 인간이었고, 생활고에 부대끼고 있었지요. 때마침 SBS 채용 공고가 떴어요. 그중에 '드라마 PD' 부분이 눈에 머물더라고요.

　내가 할 수 있는 일이 있다면, 이건 그래도 할 수 있지 않을까 싶었어요. 그나마 독특한 이력이 있다면 신춘문예에 당선된 거였는데, 돌이켜보면 그 덕분에 서류 전형에 붙은 것 같아요. 홍대로 필기시험을 보러 갔어요. 상식, 작문. 두 시험이 있었죠. 영화감독의 이름, 소설가의 이름, 그런 걸 묻는 문항들이 상식 문제에 나왔고 그다지 어렵지 않게 풀 수 있었죠.

　작문 문제는 "1과 10,000 사이의 숫자를 선택해 제목을 만들고 이야기를 지어라"였어요. 어려서부터 백일장을 다녔던 탓에 이런 문제 형식에는 익숙했어요. '3인용 시소'라는 제목을 짓고 아이를 유괴당한 젊은 부부의 하루를 그렸어요. 이야긴 이래요.

　아내는 마당에 있는 시소에 앉아 매일 대문만 바라보고, 목수인 남편은 아이의 몸무게를 상상하며 인형을 깎아대죠. 아이 유괴 후 5년간, 둘은 서로를 원망하며 대화를 나누지 않고 살아왔어요.

아이의 다섯 살 생일이 되는 날. 다섯 살이 된 아이의 목각인형을 완성한 남편은 문득 작업실 창문으로 시소에 앉은 아내의 깡마른 뒷모습을 봐요. 5년간 자신은 커갔을 아이의 모습만 상상했지 말라가는 아내의 모습을 살핀 적이 없다는 걸 깨닫게 되죠. 남편은 대화 대신 자신이 만든 인형을 아내에게 안겨주고 시소 반대편에 앉습니다. 그리고 시소는 평형이 되며 이야기가 끝나요.

그런 글로 필기시험을 통과할 수 있었어요. 다음은 면접이었는데, 최근에 《닥터 로이어》를 연출한 용석이 형과 《피고인》《라켓소년단》을 연출한 영광이 형이 제 면접관이었어요. 면접이라는 게 거의 처음이어서 너무 어색했죠.

두 분이 여러 질문을 하셨는데, 그중 두 가지가 기억나요. 영광이 형의 질문은 이거였어요. "김재현 씨는 다들 적는 여행 경험이 하나도 없네요?" 저는 그 말에 이렇게 대답했어요. "돈이 없어서 못 갔습니다. 그래도 여러 가지 아르바이트를 했어요. 술집에서 서빙을 하고, 떡집에서 포장하고, 겨울엔 스키장에서 리프트를 관리하기도 했습니다. 거기서 많은 사람을 만났고, 제겐 그 모든 게 여행이었습니다."

용석이 형은 마지막으로 할 말이 없냐고 하셨어요. 양복을 살 돈이 없어서 집에 있는 그나마 깔끔한 면바지에 흰 셔츠를 입고 갔는데, 저는 그 차림새가 너무 부끄러웠거든요. 이게 감점 요소가 될 수 있겠다 싶어서 거짓말을 했어요.

"아침에 어떤 옷을 입을까 고민했습니다. 그러다가 이 옷을 골랐어요. 드라마의 주인공이라면, 비싼 옷이 아니라 허름한 옷을 입고 나타나는 사람이 더 어울리지 않을까 싶어서요."

용석이 형이 웃더라고요. "성공하는 드라마는요, 재현 씨, 가장 좋은 옷에 가장 잘생긴 사람이 나오는 거 아닐까요?"

면접을 끝내고 나오면서 떨어졌구나 싶었어요. 목동 SBS 건물은 높고 사람들은 모두 환했죠. 그냥 나의 반지하방으로 돌아가 늘 하던 대로 시를 쓰며 살아야지. 그게 나한테 어울리는 삶이야. 그렇게 생각하며 돌아왔죠. 며칠이 흘렀는데, 합숙 면접에 오라는 소식을 전해 들었어요.

2박 3일간의 합숙 면접에 그렇게 참여하게 됐어요. 《사이코지만 괜찮아》를 연출한 신우 형 《발리에서 생긴 일》의 문석이 형, 그리고 영광이 형이 계셨어요. 3일간 형들이 내준 과제를 하면서 곧 동기가 될 한태섭과 이단을 만났죠.

합숙 마지막 날, 고기와 술이 있는 회식 자리가 있었어요. 구석에서 고기를 굽고 있는데 문석이 형, 신우 형, 영광이 형이 이런저런 걸 물으시더라고요. 신우 형의 말이 기억나요. "어떤 시를 제일 좋아해요?” 전 대답했어요. “전 황인찬 시인의 시를 제일 좋아해요. 아름다워서요.” 신우 형이 말하더라고요. “전 신경림 시인의 〈가난한 사랑 노래〉요. 재현 씨, 재현 씨는 드라마에 안 어울려요. 돌아가서 시를 계속 쓰세요.”

그리고 붙었죠. 나중에 형들에게 물어봤어요. 왜 붙였냐고. 영광이 형이 그랬어요.

“재현아, 난 원래 꿈이 《걸어서 세계 속으로》 PD가 되는 거였어. 여행을 좋아하거든. 근데 나도 사는 게 힘들어서 여행을 해본 적이 없었어.”

신우 형은 자신이 대학 시절에 썼던 글 이야기를 들려주셨어요. 그리고 말씀하셨죠.

“우리는 2차 창작이잖아. 나도 1차 창작이 주는 기쁨을 참 좋아했어.”

용석이 형이 말씀하셨어요.

“마음이 움직이는 사람이 있다? 일을 잘하고 그런 게 아니라,

드라마 PD에 어울리는 사람이. 그런 사람을 뽑는 거야, 그냥.”

왜 뽑았는지에 대한 답이라고 하기엔 그저 자기 얘기 같았지만, 저는 이상하게 위안을 받았어요. 지금과는 달리 드라마국에 선배들이 바글바글할 때, 탄현에서 목소리 크고 어쩐지 야인 같은 사람들이 가득 모여 술판을 벌이는 그 자리가, 저한테는 참 야릇한 안온함을 만들어주더라고요.

그리고 탄현에 있는 작은 휴게실, 구라쟁이들이 노는 곳이라고 해서 ‘구라파크’라는 이름이 붙어 있던 그곳이요. 거기에 형의 기타가 놓여 있었어요. 유리창 너머로 형이 거기서 기타 치는 모습을 종종 보았죠. 저를 본 형이 “재현아, 이리 와봐” 하곤 “기타 치니?” 물었던 기억이 선명해요.

으아! 그 시절 저는 자존감이 바닥이었어요. 형이 내민 기타를 받아서 가볍게 쳤던 거 같아요. 형의 눈이 절 바라보고 계셨고요. 이 이야기는 이번 편지에서 하기엔 너무 기네요. 다음 번 편지에 적어볼게요.

궁금해요, 형. 형은 종연이 기수를 뽑을 때 무엇을 보셨는지. 전 아직 신입 사원 채용 과정에 들어가본 적이 없어서요. 제가 사표를 냈을 때도, 일을 엉망으로 하던 사고뭉치 시절에도 형은 늘 그랬어요.

"재현아, 넌 좋은 감독이 될 거다."

조감독 후배들을 바라볼 때, 저도 그런 걸 어렴풋이 느끼게 됐어요. 이 회사는 정말 훌륭한 사람들을 뽑는구나. 이게 떠난 형들이 남긴 유산이구나. 그런 생각들을 종종 해요.

곧 《반짝이는 워터멜론》 방송이네요. 첫방이 너무 기다려져요. 기타와 노래와 형이라니.

낮과 밤의 기온이 벌어지고 있어요. 감기 걸리기 쉬운 시기네요. 건강 챙기세요, 형.

순정 있는 인간들이
순정 있는 인간을 알아본다

존경하는 김재현 감독님께

이름을 하나하나 적고 있어. 약간의 싸늘함과 처연함과 동시에 살기가 느껴지지 않니? 그래, 《반짝이는 워터멜론》 첫 방송이 나갔는데 아무 연락 없는 후배들 이름 적고 있다. 어쩔래? 찌질해? 우리 사이가 이 정도밖에 안 되는 거였니? 참고로 내 조연출도 아니었던, 그러나 《모범택시2》로 대박을 터뜨린 이단 감독은 이런 톡을 보내왔어.

"선배님, 오랜만에 드라마다운 드라마, 깊이와 설렘이 동시에 느껴지는 드라마를 보게 해주셔서 감사합니다! 정말 멋져요!"

내가 이 감동적인 톡에 정신을 잃어서 네가 톡을 안 보냈다는 사실을 깜빡한 걸 다행으로 알아. '그러고 보니 재현이 자식의 톡이 없네.' 빡침을 달랠 길 없어 핸드폰에서 너의 연락처를 지워버릴까 말까? 하는 순간, 톡이 왔지. "《반짝이는 워터멜론》 참 좋네요 형" 달랑 한 줄 성의 없게. 그것도 시청률 오른 다음에.

너 설마 숫자 보고 시청률 잘 나온다 싶으니 톡한 거니? 그런 거니? 그러고 보니 《열혈사제2》 박보람이도 톡이 없네. 스타 PD 되더니 나를 잊었나? 아니다. 애는 커피 차 한 방 거하게 쐈으니까 용서하자. 뭐 하는 짓이냐고? 오십 넘으면 나도 성숙한 어른이 될 줄 알았다. 이렇게 쪼잔해질 줄이야.

다시 성숙한 어른 모드로 리셋하자!

입사 시험 시절이 험난했구나. 누구나 그렇지. 사실 극본 공모도 그렇고 방송사 입사도 그렇고 운칠기삼이야. 남의 인생 인륜지대사를 결정하는 심사위원들이 뭔가 비장하고 스마트할 것 같지? NO! 정작 '심사비는 얼마 나오니?' '출장비는 얼마나 주니?' '이번에 숙소는 호텔이니?' '난 왜 이렇게 양이 많아' 등등을 투덜대며 시작하지.

면접은 말이야… 나도 몇 번 해봤지만, 결론은 '심사위원도 사람이다'야. 자기랑 닮은 사람을 무의식중에 뽑거나, 아니면 자기와 정반대편에 있는, 자기의 결핍을 메울 수 있는 사람을 뽑거나, 혹은 스타 PD하고 좀 닮은 구석이 있는 사람을 뽑게 되더라고. 그래서 늘 최종 면접에서 얘기해. 여기서 떨어진다고 노여워하거나 자학하지 마라. 이 회사랑 네가 안 맞는다고 생각해라. 너는 너를 보여주러 온 사람이지 평가받으러 온 사람이 아니다. 그러니 쫄거나 긴장하지 마라.

『마지막으로 하고 싶은 말 있나요』를 쓴 시드니 작가가 그랬어. 자기를 보여주러 온 사람도 있지만 평가를 받으러 들어온 사람이 훨씬 많다고. 면접장에 풍기는 향기와 기온이 확연히 다르다고.

너를 심사했던 세 명의 선배 PD들 봐봐. 먼저《피고인》《라켓 소년단》연출 조영광. "재현아. 난 원래 꿈이《걸어서 세계 속으로》PD가 되는 거였어. 여행을 좋아하거든. 근데 나도 사는 게 힘들어 여행을 해본 적이 없었어." 너처럼 사는 것이 힘들어서 여행도 못 가봤다잖아. 자기랑 비슷하다는 거지. 힘들게 산 것도 스펙이니? 흥! 그러던 조영광 요즘 신나게 돌아다닌다. 에구, 부러워라!

두 번째.《사이코지만 괜찮아》《남자친구》《미지의 서울》연출 박신우. "우리는 2차 창작이잖아. 나도 1차 창작이 주는 기쁨을 참 좋아했어.” 본인은 너처럼 신춘문예에 당선되고 싶었던 거지. 혹은 1차 창작을 하고 싶었거나. “재현 씨는 드라마에 안 어울려요. 돌아가서 시를 계속 쓰세요.” 이래놓고 널 뽑는 건 또 뭐니?

세 번째. 《일지매》《닥터 로이어》 연출 이용석. “마음이 움직이는 사람이 있다. 일을 잘하고 그런 게 아니라, 드라마 PD에 어울리는 사람이. 그런 사람을 뽑는 거야, 그냥.”

이 형은 샤프하고 날카롭고 지적인 PD잖아. 근데 또 마음을 움직이는… 그것은 뭔가 따뜻한 감성과 페이소스를 자극한다는 말인데, 자기의 결핍을 네가 채워줄 수 있을 것 같아서 뽑았다는 거지.

‘이제야 말할 수 있다’를 해보자면, 《스토브리그》로 백상예술대상을 받은 정동윤 감독이 꼭 나 같아서 뽑은 적이 있어. 애가 뭔가 어수룩하긴 한데 따뜻해 보이기도 하고, 순발력이 없는 것 같으면서도 위트와 센스가 있고, 자기 욕망을 위해 남한테 해코지 안 할 것 같은 순진한 휴머니즘 냄새를 풍기더라고.

결정적으로 나랑 이미지가 비슷했어. 나는 꼭 나를 보는 줄 알았다니까? 나중에 알고 봤더니 동윤이네 집은 어마어마한 지역 유지였어. 속았다. 속았어. 그래도 《스토브리그》《경성크리처》라는 걸출한 작품을 하고, 백상예술대상까지 받고, 잘 뽑은 거지 뭐.

《강매강》으로 입봉한 SBS 안종연은 또 어떻고? 애가 좀 뭔가 없어 보이는 이미지잖아. 맘속으로 '얘는 아니다. 걸러야지' 하고 있는데, 어느샌가 나도 모르게 이 아이 얘기에 쏙 빠져들더라고. 얘기하는 게 정감이 있다고나 할까?

마지막에 짓궂은 질문을 했어. "종연 씨는 제일 존경하고 좋아하는 철학자가 누구예요?" 했더니, "막스요" 그러더라고. "막스는… 막스 베버와 카를 마르크스가 있는데"라고 다시 물었는데, 수줍게 "칼 맑스요"라고 하는 거 있지. 이놈 봐라. 쫄지도 않고 이런 발언을… 하하. 목에 칼이 들어와도 재미없는 기획안은 재미없다고 직언을 할 줄 아는 놈이겠네. 얘도 잘 뽑았지. 종연이를 만나면 늘 즐거워. 해피 바이러스야. 삶의 비극을 희극으로 바꿀 줄 아는, 엄청나게 부러운 능력의 아이였던 거지.

칠공 LP 바 사장님이 이런 얘기를 한 적 있어. "똑같은 대본을 주고 연출을 하라고 그래도 각자 다 다른 작품이 나온다. 그 심연을 파다 보면 연출자의 유년 시절이 나오지." 묘하게 설득력 있지 않니?

누구에게나 유년기의 결핍이란 건 있거든. 가난하게 자랐든, 부자로 자랐든, 행복하고 화목한 가정에서 자랐든, 불행한 환경에서 자랐든. 나는 그렇게 생각해. 주위 환경이 어떻든 사랑을 많이 받고 자란 사람이 좋아.

사랑을 많이 받고 자란 아이들은 사랑을 나눌 줄 알거든. 그리고 유년기의 결핍을 어떠한 형태로든 이겨낼 줄 아는 힘이 있어. 그 힘은 인간의 정일 수도 있고, 영화나 소설 같은 다양한 문화를 통한 간접 체험일 수도 있지. 그러니까 너의 가난했던 대학 시절도 드라마 PD가 되기 위한 자양분이고 축복이었다고 미화하시길. 아니 자백하셔도 좋습니다. 내 앞에선. 헤밍웨이도 그랬다잖아. "훌륭한 작가가 되는 첫 번째 조건은 불우한 어린 시절이다."

드라마 하는 인간들이 개별 성질은 다 지랄 같아도 순정이라는 게 있거든. 순정 있는 인간들이 순정 있는 인간을 알아보는 거지.

나는 어땠냐고? 뭘 그런 걸 물어? 너무 오래됐는데… 실은 지금도 잊히지 않는 질문이 두 가지 있어. 때는 1995년 가을. 여의도 SBS 10층. 당시는 너 때처럼 압박 면접이 아니라 다대다 집단토론이었어. 직종도 드라마, 교양, 예능 다 모아놓았지. 대답에 자신 없는 질문은 쓱 흘려도 되는 그런 자리긴 하지만, 인상적인 답변을 해서 심사위원들 눈에 쏙 들어야 하는, 나름 긴장감 흐르는 자리였지.

한두 가지 질문은 쓱 흘렸고 세 번째 질문이 나왔어. "본인이 만들고자 하는 프로그램을 위에서 반대하면 어떻게 하실 겁니까?" 저쪽 편에 한 수험생이 손을 들더라고. "본인이 만들고 싶은 프로그램은 반드시 관철시켜야 한다. PD의 창의성이란 결국 그런 고난에서 나온다" 정도의 대답을 한 거 같아. "그래도 위에서 반대하면 어떡할래요?" 그랬더니, 이 친구가 "절이 싫으면 중이 떠나야죠" 이런 돌이킬 수 없는 답변을 하더라고. 가만히 눈치를 보던 나는 이때다 싶어 손을 들었지.

"저는 기성세대의 경험과 연륜만은 절대 무시할 수 없다고 생각합니다. 제가 만들고자 하는 프로그램을 위에서 반대한다면 저는 일단 접겠습니다. 상사가 원하는 프로그램을 잘 만들어서 신뢰를 얻은 후에 술자리에서 살포시 얘기하겠습니다. '사실은 저 정말 하고 싶고 시청률도 대박 나올 수밖에 없는 프로그램 기획안이 있는데요'

그 순간 심사위원들의 표정이 밝아지고 뭔가를 종이에 막 적는 듯한 액션이 보이더군. 내 몸에 흐르는 기회주의자의 피가 이럴 땐 위력을 발휘하는구나 싶었지. 그랬더니 또 질문이 들어오는 거야. 민감한 질문이었지. 당시는 1992년 대선에서 YS(김영삼)한테 패하고 영국 유학을 떠났던 DJ(김대중)가 귀국하면서 돌연 정치 복귀 선언을 한 시점이었어.

아니나 다를까 그 질문이 나오더라고. "손정현 씨는 DJ의 정치 복귀 선언에 대해 어떻게 생각하십니까?" 앗, 이것은 예상 질문이 었긴 한데, 설마 진짜 나올 줄이야. 순간 머릿속이 복잡하게 돌아갔지. 당시 SBS는 민영방송이었고 노조 설립조차 안 된 보수적인 회사였거든. 그때 어느 시사 잡지에서 읽은 구절이 생각났지. 그것을 마치 나의 견해인 양 얘기했어.

"차범근은 은퇴해도 축구를 해야 한다고 생각합니다. 허재도 은퇴하면 농구를 해야 한다고 생각합니다. 단, 필드 뒤에서. 그런 걸출한 인물은 본인이 가진 노하우를 후배들에게 해주어야 할 의무가 있고, 그런 데서 삶의 보람을 느낄 수 있다고 생각합니다. DJ 역시 마찬가지입니다. 정치 뒷선에서 좋은 후배들을 양성해야 하는데, 본인이 은퇴 선언을 해놓고 직접 필드로 다시 나가겠다고 선언한 건 모양새가 좋지 않습니다."

심사위원들의 표정이 또 밝아지면서 종이에 막 무언가를 적더라고. 왠지 붙을 것 같다는 확신이 들었지. 근데 집으로 가는 길에 속이 체한 듯 영 불편하고 마음 한구석이 찝찝한 거야. 내가 그리스도를 부정한 베드로도 아닌데, 자꾸 DJ 한테 미안함과 부채 의식이 생겼어.

'아, 내가 일신의 양명을 위해서 DJ를 배신했구나.' 찝찝함의 정체는 그거였어. 왜 그렇게 서럽던지. 훗날 시간이 흘러 IMF로 나라가 망하던 시절, 그가 해방 후의 첫 합법적 정권 교체를 이뤄낸 대

통령이 되면서 나의 부채감은 사라졌어.

옛날얘기하니까 가슴이 몽글몽글해진다. 드라마 PD 지망생들한텐 하나도 도움 안 되는 이야기라고? 칫! 알았다 알았어. 실질적인 팁을 원하는 거지? 마침 한겨레문화센터 5주 특강을 나간 적이 있어. '기획안은 어떻게 만드는가?' 뭐 이런 타이틀이 걸려 있긴 했지만, 드라마 PD 지망생들에게 입사 노하우를 가르쳐주는 그런 강의였어.

모든 방송국은 최종 2박 3일 합숙 면접을 하지. 자기소개, 단막 기획안, 미니 기획안, 리메이크 기획안, 압박 면접 등의 살벌한 시험 순서가 기다리고 있지. 그 얘기는 다음 편지에서 정리하도록 해볼게. 너무 길어진다.

가을이라고 하기엔 아직도 한낮인 여름에… 너의 일상이 늘 축제이길 빌며.

※ PS: 구라파크의 기타는 내 것이 아니라 《이상한 변호사 우영우》를 연출한 유인식 감독의 하사품이었어. 거기서 나는 무슨 노래를 폼 잡고 부르고 있었니? 그리고 너는 무슨 노래로 답가를 했니? 궁금하다.

포순승종!
포기하는 순간 승부는 끝이다

《반짝이는 워터멜론》 시청률이 정체되고 있다. 첫방 3.1%, 그다음 3.3%, 3.4% 그리고 4부에 4.7%를 찍어서 드디어 버프(buff)를 받는가 했는데, 5~6부부터 다시 3%대 중반 그 자리로. 좋게 얘기하면 굳건한 콘크리트 지지층이 생긴 거고, 나쁘게 얘기하면 시청층이 확산 안 된다는 얘기지.

주말 시간대로 갔어도 시청률이 이럴까? 내가 뭔가를 좀 더 했어야 하나. 생각보다 시청률이 안 나오면 자꾸 남 탓을 하게 된다. 대본이 어렵다, 연기가 너무 1차원적이다, 편집이 단조롭다,

음악이 너무 착하다⋯ 이 모든 게 다 내 탓이다.

수치가 잘 나오면 드라마의 장점만 보여. 안 나오면 아주 작은 흠들 혹은 정답 없는 흠들이 도드라져 보이고. 그래서 시청률은 잘 나오고 볼 일이야. 매번 겪는 일이지만 의연한 척하기 어렵다. 제일 곤란한 건 이거야. 작가한테 뭐라고 위로를 해야 하나? 손가락으로 애꿎은 톡을 썼다 지웠다 하던 중 울리는 톡. 진수완 작가다.

감독님, 멘탈 무사하신가요?

행운의 여신이 도도하기 그지없네요, 하하. 저는 이제 많이 겸손해져서 냉정하게 생각하기로 했어요. 드라마 6부가 지난 시점이고, 반등이 어려운 거 보면 3~4%대가 고정 시청률이 아닌가 싶어요. 이보다 더 떨어지지 않게 시청률을 잘 지켜내는 것도 대단하다 생각합니다. 희망 고문으로 매주 괴로워하지 말고, 마음을 비우고 담담하게. 일희일비하지 않고 냉정하게. 천우신조로 반등의 기회가 온다면 감사하게⋯ 너무 집착하지 않고, 과몰입하지 않고 버텨내려고요.

어제 본부장이 전화해줬더라고요. 시청률 신경 쓰지 말라고. 좋은 드라마를 하고 있고, 점점 안정되어가고 있다고 하는데, 속없이 위

눈물 날 뻔했어. 보통은 감독들이 작가를 위로해주거든. 이 톡을 받고 다시 신발 끈 조이기로 맘먹었어. 포순승종! 포기하는 순간 승부는 끝이다. 《슬램덩크》 명대사를 작가님이 멋지게 만들어낸 말. 마지막 반등의 기회는 남았다.

드라마는 가도 사람은 남는다.

'본인들 같은 작품'을 만들어 가는 법은?

무서워진 정현이 형에게

형이 말씀하셨죠. "드라마 PD는 드라마를 보지 않는다. 나보다 잘하면 배가 아파서 안 보고, 나보다 못 하면 재미가 없어서 안 보고." 참으로 명언이어서, 드라마를 챙겨보지 않는 제 게으름에 대한 방패로 잘 써먹고 있습니다, 크크크. 그럼에도 불구하고! 제가 저 핑계를 대지 않고 본방으로 《반짝이는 워터멜론》을 보았습니다.

첫방 보고 단이랑 통화했었어요. 하지만 아시다시피, 제가 워낙 그런 게 떨어지는 놈이잖아요. 좋다고 말하는 것도, 별로라고 말하는 것도 저한텐 어쩐지 오만한 일 같아서 한참 까딱대던 엄지로 몇 번이나 썼다가 지우곤 했어요. 그러다 보니 수사가 다 사라지고 짧은 말밖에 안 남더라고요.

"형, 참 좋더라고요."

그 말 말고는 뭐⋯ 아니 제가 형 시를 봤다면 주구장창 긴 줄글로 이건 어떻다, 저건 어떻다 감히 논평을 해댈 테지만, 어찌 형의 드라마에 대해 긴 글을 남기겠습니까? 과한 찬사도 빈 거짓말 같잖아요! 암튼!

일단 첫 순서가 기획에 대한 이야기일 테니, 그것부터 좀 물어보도록 할게요.《반짝이는 워터멜론》에서 출발해보면요, 아이템 들었을 때, 이 이야기는 세상 그 어떤 연출을 데리고 와도 형보다 잘할 수 없다는 생각을 했었거든요. 이야기 자체에서 형의 냄새가 짙게 풍겼어요.

사람들의 생각과 달리 드라마 기획은 연출자의 색이나 영감 하고 다소 무관한 곳에서 시작되잖아요? 드라마 감독이 되기 전까지는 저도 '감독이란 이야기를 기획하고 자신이 기획한 이야기를 구현하는 사람'이라고 생각했던 것 같아요. 하지만 현실은 '기획을 하는 사람'이라기보다 '기획을 기다리는 사람'에 가까운 것 같더라고요.

어쩌면 평생토록 하고픈 작품을 만나지 못할 수도 있기에 ‘내 인생의 이야기 같은 작품을 할 수만 있다면 얼마나 좋을까?’ 그런 생각을 많이 하는데요, 그에 비해 형은 손정현의 냄새가 물씬 풍기는 드라마들을 늘 해나가시는 거 같아요. 아, 형 말고 또 있다.《브람스를 좋아하세요?》랑《사랑의 이해》《은중과 상연》을 했던 영민이 형이요.

형이나 영민이 형이나 어떻게 보면 우리한테 “행복은 성적순이 아니거든요?”를 몸소 보여주는 선배들이거든요.

근데 그걸 떠나서 사실 그렇잖아요. 자신의 취향이 강하거나 마이너할 경우, 취향을 품은 드라마를 만드는 것 그 자체가 어려운 일이죠. 제작자들의 동의를 얻어야 하고, 배우들을 찾아내야 하고.

제가 보기에 영민이 형이나 형의 취향은 (후배로서 이런 말을 하긴 뭣하지만… 크크) 꽤나 독특한 감성인데, 그럼에도 불구하고 계속해서 그 누구보다 짧은 텀으로 정말이지 ‘본인들 같은 작품’을 만들어가더라고요. 또 그걸 누가 봐도 ‘아, 이건 손정현이야. 아, 이건 조영민이야’ 같은 스타일을 구축해내기도 했고요.

그러니 묻습니다. “형, 이거 어떻게 하는 거예요?” 전《천원짜리 변호사》끝나고 1년째 대본 잡고 씨름 중인데, 가끔 불안해 미치겠거든요. 대본 수정하고, 데스크나 편성팀 쪽에서 의견 나오고, 또 배우들한테 거절당하고… 이런 일이 반복될 때마다 ‘아니, 형은 대체 어떻게 이렇게 심플하게, 구렁이 월담하듯 해내는 거야?’ 이런 생각이 쓰나미처럼 밀려옵니다.

아, 물론 여기서 말씀해주셔야 할 건 제 개인적 갈증을 풀기 위한 것 말고 또 있습니다. 언젠가 형도 저도 씹어먹을 미래의 후배님들이 언론 고시 스터디 같은 거 하면서 기획안 많이 쓰고 계실 텐데, 근데 그게 실무랑은 좀 괴리가 있잖아요?

습작기가 물론 깊은 우물을 만들어주긴 합니다만, 그래도 현실과 실무를 깨금발로 엿보고픈 맘이 후배분들에겐 클 테니, ‘이 실무를 좁히면서도 힘 있는 기획안 훈련이란 뭘까?’ 또 가령 형이 보았을 때 ‘오, 이 기획은 좋은데?’ 싶은 그런 기획안은 어떤 형태일지 좀 궁금해요. 있잖아요, 긴 신 찍을 때 형이 "재현아, 전반전과 후반전으로 나눠봐" 했던 그런 현장의 경험치 가득한 노하우… 제가 진짜 그 말 한마디 덕분에 긴 신을 푸는 기술을 터득했지 뭡니까?

감독이 되려면
심장에 물기가 많아야 한다

그럼에도 불구하고 애정하는 재현이에게

며칠 전에 베드로 신부님께서 사진 한 장을 보내왔어. 사하라사막 여행 중 밤하늘을 찍으셨는데, 세상에! 정말 우리 어릴 적 책에서 보았던 은하계가 그대로 박혀 있는 거야. 별들이 그냥 눈앞에서 폭포수처럼 쏟아지는 절경인 거지.

아아, 나는 왜 그런 풍경을 보러 가지 못하는가…. 자괴감이 들었지만 '수처작주 입처개진[2]'하기로 했다. 사하라사막은 아니지만, 제주 한 달 살기 한번 해보려고 내려와 있음.《반짝이는 워터멜론》

이 남긴 이런저런 후유증도 좀 가실 겸해서.

점점 질문의 난이도가 높아만 가는구나. 《반짝이는 워터멜론》 진수완 작가의 명대사가 두 개 있어.

"작가님은 글이 안 써질 땐 어떻게 하셔요?"
"글은… 늘 안 써져요."

"1995년도 홍대 거리에 랜드마크라고 할 만한 건물이 뭐가 있어요? 이를테면 신촌 거리는 '오늘의 책'이나 '향 레코드'가 있었듯이요."
"…작가라고 다 아는 건 아닙니다."

나도 너의 질문에 이렇게 대답하고 싶다.

"선배라고 다 아는 건 아닙니다만…"

일단 조영민 감독과 나를 본인의 스타일을 지켜가며 따박따박 연출하는 스타일이라 해준 거 감사.

---

2. 수처작주 입처개진(隨處作主 立處皆眞): 머무는 곳마다 주인이 되어라. 그러면 서 있는 곳이 모두 참되리라. 『임제어록』 중에서.

"재현아, 너밖에 없다."

너는 막장 드라마도 한 적이 있는 나의 흑역사를 몰라서 다행이다. 흑역사도 역사다, 너. SBS 있을 때보다 프리랜서가 되니까 그게 좋은 것 같아.

조직에 있을 때는 하기 싫은 작품도 해야만 하는 경우가 있거든. "너 아니면 할 사람 없다." 내지는 "이번에 눈 딱 감고 조직을 위해서 희생번트 대주면 담에 너 하고 싶은 거 하게 해줄게" 같은 감언이설. 그런데 드라마 끝나고 나면 조직 윗선들은 또 바뀌어있다. 혹은 "내가 언제 그랬어?" 따위의 말도 안 되는 변명들.

프리랜서가 되니까… 음, 불안한 행복이라고 얘기하거든. 근데 나에게 작품 의뢰를 하는 작가나 제작사를 보면 그래도 나의 성정과 스타일을 좀 아는 사람들이야. "이건 손 감독님이 잘할 것 같아" 같은.

SBS 나와서 한 작품들 목록을 볼까? 《화양연화》《멘탈코치 제갈길》《반짝이는 워터멜론》까지. 그중에 《화양연화》는 2015년 SBS 공모작 중에 묻혀 있던 거 아무도 안 하길래 꼬불쳐서 한 거고. 나머지 두 작품은 플랫폼하고 제작사에서 나를 찾은 경우.

다음 작품은 또 어떤 것이 될지 나도 궁금해. 기획의 주도권이 플랫폼이나 제작사로 많이들 넘어가서 이젠 PD의 역할이 예전보다 많이 축소됐지. 그대의 표현을 빌리자면, 작품을 기다리는 경향이 많아졌지. 본인 스스로 제작사를 갖고 있지 않으면 기획을 하기가 힘든 국면이 되었어.

어느덧 자연스럽게 받아들인 거 같아. 내 성정상 회사를 하는 건 아닌 거 같고. 그나마 연출의 색이 좀 묻어나려면 마음에 드는 신인 작가랑 작업하는 거지. 너처럼 말이야.

《서울의 달》《옥이 이모》 썼던 김운경 작가님이 그러셨거든.

"써본 사람은 안다. 모든 글이란 쓰는 것 자체가 고통이다."

신인 작가들은 더 힘들지. 글이란 게 처음부터 잘 써지는 경우는 거의 없거든. 《슬램덩크》 명대사 "왼손은 거들 뿐"이 연출자의 자세야. 야구는 선수가 하는 것이고, 드라마는 작가의 예술이라 결국 작가가 이겨내야 하는 거야.

좀 더 솔직하게 말하면, 신인 작가와의 작업 과정은 즐거울 수 있으나 결과물은 알 수 없다는 게 늘 불안하지. 여기저기서 간섭도 많고, 배우한테 휘둘리기도 하고. 나도 전에 단막극을 같이했던 신인 작가랑 미니시리즈 작업을 해봤는데, 결론은 3전 3패였음. 시놉시스를 세 번 작업했는데, 세 번 다 영상화되지 못하고 그냥 활자로만 묻혀버렸다는 얘기.

자꾸 초 치는 것 같아 미안하다만, 너를 더 애정하는 입장에선 플랜 B도 갖고 있어야 한다고 얘기하고 싶네. 물론 플랜 B를 작가에게 미리 고백할 이유는 전혀 없지. 어설픈 착함은 더 독이 되는 법. 서로 신뢰감도 떨어지고 작업 속도도 안 나는 것은 물론, 나중에 더 욕먹을 수도 있음. 대신 작업물이 영상화되지 못하는 지경에 이를 땐 이별에 대한 예의는 꼭 지킬 것.

언젠가 우리를 씹어먹을 미래의 감독님들께도 한마디? 음… 마이크 테스트. 아아! 우리 집 가훈이 ‘어디 가서 마이크 함부로 잡지 마라’인데, 그럼에도 불구하고 마이크를 잡는다면 이 얘기는 꼭 하고 싶네.

감독이 되려면 ‘심장에 물기가 많아야 한다’는 거야. 미당 서정주 시인의 인터뷰야. 그 시인을 그리 좋아하진 않지만, 그가 남긴 이 멘트는 우리 바닥에도 여전히 유효해. 똑같은 풍경, 똑같은 사건을 대하더라도 감독들은 달라야 한다는 거지.

형사 박미옥 알아? 최초의 강력계 여형사. 그분도 그러시더라고. 형사는 사람을 사랑하는 사람이 해야 한다고. 수사란 결국 사람을 구체적으로 사랑하는 일에 다름 아니다. 아, 나랑 하는 일은 달라도 이렇게 비슷하게 생각하는 사람이 있다니 기분이 좋아졌어.

심장에 물기가 많고 사람을 사랑하는 사람은 어느 바닥에서도 성공한다는 얘기지. 닥치고 실질적인 팁을 내놓으라고? 재밌고 작품성 있는 기획안 뽑는 비법? 그걸 알면 내가 여기 있겠니? 나한테 너무 많은 걸 바라지 말지어다.

모든 방송사 플랫폼은 신입사원 공채 시 최종 2박 3일 합숙 면접을 해 자기소개, 단막 기획안, 미니 기획안, 리메이크 기획안, 압박 면접 등의 살벌한 시험 순서가 기다리고 있지.

수험생들에게 제일 어려운 건 역시 미니 기획안을 짧은 시간 안에 만들어내는 것이겠지만, 사실 심사위원들에게 강한 인상을 주는 것은 5분 자기소개와 단막 기획안이야. 자기소개는 마치 소개팅 나갔을 때, 상대편의 첫인상을 결정지어버리는 역할 같은 걸 하거든.

'재는 뭔가 사람 마음을 움직이게 하는 게 있네.'
'똑똑하지만 융통성도 있어서 일을 잘할 것 같네.'
'감독이라는 권력이 주어져도 그 칼을 사방에 휘두를 것 같진 않네.'

그래서 자기소개를 앞둔 친구들에겐 마치 아나운서 시험을 본다 생각하고 반드시 영상을 찍어서 연습을 해봐야 한다고 얘기해. 너, 세상 제일 어려운 게 남의 주머니에서 돈 나오게 하는 거다. 더 어려운 건 사람 마음을 움직이게 하는 거고. 표정, 발음, 발언, 내용

등을 철저히 사전 모니터할 것.

단막 기획안은 '작은 이야기를 어떻게 기승전결 구조를 갖추면서 완성도 있게, 감동 있게 이끌어내는가? 이야기를 갖고 놀 줄 아는가? 일상에 대한 남다른 시선이 있는가?' 이런 걸 보는 거지.

단막 기획안은 그대가 쓴 '3인용 시소' 같은 것이 아주 좋지. 아주 작은 이야기지만 기승전결의 구조와 감동을 주는 요소가 있는. 거기서 창의력을 보는 거 같아.

사실 미니시리즈 기획안은 수험생들에겐 버겁지. 인기 작법서 『나는 왠지 대박 날 것만 같아』를 보면 잘 나와 있는데, X가 Y를 만날 때 혹은 X의 Y버전만 잘 인용해서 자기의 감성 매직 한 스푼만 제대로 뿌려도 기획안이 그럴싸해 보여.

압박 면접에서는 일부러 짓궂은 질문을 하거든. 근데 심사위원들이 원하는 건 답이 아니라 자세야. 과정과 결과물을 중시하지만 다른 사람과의 관계를 어떻게 푸는지도 눈여겨보거든. 오준혁 PD는 그러더라고. 옆에 있는 수험생들을 경쟁자로 보면 너무 피곤하고 신경 쓰여. 그냥 같은 과제를 수행하는 동료라 생각하면 편하지.

오늘 올레길 1코스를 걷고 있는데, 제작 총괄한테 톡이 왔어. 펀덱스(FUNdex)에서 발표한 TV-OTT 화제성 지수에서 《반짝이는 워터멜론》이 7주 연속 상승 끝에 1등을 먹었다고. 하, 이게 또 뭐라고 어찌나 기쁘던지. 1코스 말미오름 정상에서 소리를 질렀다는 거 아니니.

　남들 눈엔 상태 안 좋은 사람으로 보였을 거야. 우린 어쩔 수 없이 타인의 인정을 먹고 사는 관종인가 봐. 이왕 관종인 거 좀 선량한 영향력을 행사하는 관종이 되자, 재현아! 다짐하며 마침표를 찍습니다, 안녕!

선배라고

선배라고 다 아는 건 아닙니다만...

최애 배우의 조건,
너의 최애 배우는 누구니?

다시 애정하는 재현에게

내가 이 판을 좋아하는 이유 중 하나는 새로운 드라마를 할 때마다 늘 새 판이 깔린다는 거야. 새로운 대본, 새로운 배우, 새로운 스태프. 지루할 틈이 없지. 그중에 정말 친한, 혹은 이 사람은 평생 같이 갈 만하다고 여기는 배우나 스태프는 강제로 참여시키기도 하지.

"웬만하면 해줬으면 좋겠네. 술 한잔 살게. 다음엔 더 좋은 역할 줄게. 보험 들었다고 생각해."

"이번 거 잘하면 CF가 엄청 들어올 거야."

요런 말도 안 되는 감언이설로. 연출자는 정말 '이기적 유전자'를 온몸에 치두른 족속들이야.

지성이란 배우가 있어. 나랑은 《보스를 지켜라》 작품을 같이하면서 친해졌지. 배우답지 않은 그의 성정이 난 너무 좋았어. 아티스트들이 보통 예민하잖아. 자기밖에 모르고. 그 예민함에 현장 분위기가 웃음꽃이 피느냐, 살벌하냐가 좌우되곤 하지.

지성은 자기 앞사람은 물론 옆사람, 뒷사람한테도 눈길과 배려를 주더라고. 자기가 주인공이니까 현장 분위기를 좋게 해서 이끌어가려는 노력인 거지. 연출자 입장에선 그런 배우가 얼마나 고마운지 몰라. 그런 성정은 타고나는 거야.

《보스를 지켜라》 이후로 지성은 쭉쭉 뻗어나갔지. 《비밀》 《킬미힐미》 《피고인》 《악마판사》 《커넥션》 등등 좋은 작품도 많이 하고. 그를 캐스팅하면 그 어렵다는 편성이 담보되는 훌륭한 배우로 성장한 거야.

2018년도인가? 내가 대본을 받았는데, 이건 지성이 하면 딱인 거야. 조심스레 톡을 날렸지.

'그리운 지성. 어찌 지내시는지… (블라블라). 정말 괜찮은 대본이 있는데 한번 봐줄텨?'

내 느낌으론 100% 할 수밖에 없는, '좋아요' 할 수밖에 없는 대본이라 생각했는데 길고 긴 답문이 왔어. 마치 연애편지 쓰는 것처럼, 아주 오래 고민한 흔적이 행간에 보이는 그런 정성스러운 톡. "작품에 관심이 생길 만큼 재미있었고 흥미진진하게 읽은 건 사실이지만, 함께 참여하고 싶다는 생각은 아직 하지 못했습니다(블라블라)."

예나 지금이나 전화벨이 안 울린다는 것과 톡의 내용이 길다는 건 부정적인 답이라는 걸 직감적으로 알고 있지. 지성의 톡은 쉽게 얘기하면, 업계 용어로 내가 까였던 거지. 그래서 내가 어떻게 답을 보냈는지 궁금하지? 사실 답을 바로 보내진 못했어. 나도 사람인지라, 감정을 추스를 시간이 필요했던 거지. 이틀 뒤에 보냈어.

'답톡이 늦어 쏴리쏴리. 그대의 마음을 알겠어. 작품하는 게 연애하는 거랑 비슷해서 타이밍의 적절함과 그 어떤 마음의 끌림이 젤 중요하지. 그게 없으면 연애가 아니라 우정이 되는 거고.(블라블라) 우리 사이가 이런 걸로 상처받을 거라 생각 안 합니다. 오래가는 좋은 관계란 그렇거든. 내 지론입니다. 가족들과 좋은 시간 보내고 오셔요. 지성 포에버.'

로버트 드니로 형이 NYU 영화학교 졸업식 가서 독설을 날렸잖아. 웃으면서. "You fucked up." 니들은 지금 일류대 졸업생이라 장밋빛 인생을 꿈꾸겠지만 세상이 그렇게 만만하지 않다. 나는 신인 때 기분 더러운 오디션을 얼마나 많이 봤는 줄 아냐. 인생은 거절당함의 연속이다.

그래도 이런 거절당함은 기분이 좋아. 상처를 남기지 않아. 외려 그 사람과의 관계를 진일보시키는 마중물 역할을 하지. 뭐? 그건 형 생각이라고? 흥! 쳇! 아니면 말고!

《반짝이는 워터멜론》에서는 고두심 선생님을 처음 만났어. 그냥 푸근하지, 고두심 선생님은. 왜 그런 사람들 있잖아. 잘 알지도 못하는데 '내적 친밀감'이 막 생기는 사람들. 평창동 갤러리 카페에서 첫눈 오는 날 미팅을 했어.

"어머, 눈이 와요. 귀인이신가 보다, 감독님이."

하하. 내가 어른 배우들 만나면 꼭 물어보는 게 있어.

"아니, 그 시절엔 환경이 많이 안 좋았을 텐데, 어떻게 배우가 될 생각을 하셨어요?"

그럼 "에이, 무슨 그런 얘기를 하야"며 손사래치시다가 본인 여고생 시절부터 이야기보따리를 살살 풀어.

"제주여고 다닐 때 옆에 영화 촬영 팀이 왔는데 신성일이 그렇게 멋있었다"부터 "촬영장을 보니 뭔가 심장에 물기가 어리기 시작했다"까지. 한참을 그렇게 수다 떨다가 훅 치고 들어갔어.

"선생님은 《동백꽃 필 무렵》《나의 아저씨》《우리들의 블루스》등 하시는 작품마다 대박이고 평도 너무 좋은데, 작품 고르시는 기준이 뭐예요? 대본을 먼저 보세요, 아니면 작가 네임 밸류를 먼저 보세요?"

하고 물었더니…

"다들 그렇게 질문을 해요. 작품을 잘 고르기로 유명한데, 대본을 보는 눈이 좋다고. 근데 난 아냐. 그냥 이렇게 처음 감독 미팅을 할 때, 감독을 봐. 저 사람하고 최소한 6~7개월을 같이 보낼 텐데, 나를 편하게 해줄 사람인가, 아닌가? 인간적인 결이 있나? 향이 있는 사람인가? 이런 걸 먼저 봐. 근데 그게 희한하게 결과도 좋아."

이러시는 거야. 깜놀. 우리도 배우 미팅을 할 땐 옷 잘 입고 강남 숍에 들러서 풀 메이크업하고 가야 된다, 하하.
또 한 명 나의 최애 배우가 있지. 손현주. 내가 제일 좋아하는 방송 용어가 '형'이야. 손현주 배우가 처음으로 알려줬지. 이 형은 무조건 만나는 사람마다 다 '형'이야. 나이 어린 감독이나 스태프들한테도 무조건 '형'이야. 아니다. 나한테는 입봉하는 순간 "손본, 손본" 했다. 나보고 SBS 본부장 되라고.

아무튼 그 손현주 형 얘기를 하려면 1박2일 밤을 새야 하는데, 내가 그의 인간성에 반한 에피소드만 말할게. 오래된 얘기지. 벌써 20년 전이니까. 손현주도 지금은 톱스타지만, 그 시절엔 곁절이 배우였거든. 주 52시간을 시행하기 전의 얘기야. 밤새우고 두세시간 쉬고 다시 촬영하던 그 야만의 시절.

스태프들은 찜질방에도 안 들어가고 버스에서 그 시간을 그냥 잠으로 때우거든. 아침을 먹을 리가 없지. 지금이야 제작사에서 조식이나 간식을 챙겨주지만 그 시절엔 언감생심, 아침부터 호프집 신이었는데 안주로 치킨이 나왔어. 배도 고프겠다, 촬영만 끝나면 다들 저걸 쓱 해야겠다는 눈치였지. 조연출이었던 나도 저걸 어떻게 자연스럽게 쓱 할까, 이런 생각만 하고 있는데, 드디어! 마침내! 촬영이 끝났어.

끝나자마자 나를 비롯한 몇 명의 중간급 스태프들이 치킨에 손을 대기 시작했는데, 그때 손현주 형이 닭다리를 하나 집더니 멀리서 조명 장비를 철수하던 막내 이름을 부르는 거야.

"일률이 형! 여기 와서 이거 먹어!"

그 순간 치킨을 오물거리던 내 입을 막 지우고 싶더라니까. 손현주는 그런 형이었어, 서럽고 소외된 막내들을 제일 신경 써주는.

최악의 배우는 누구냐고? 하… 분노 지수 올라가는 중. 이런 분들도 실명을 거론해야 하는데… 연기는 더럽게 못 하면서 디렉션도 제대로 안 받는 배우. 스태프들 두세시간 기다리는건 아랑곳하지 않고 자기 볼 일 다 보고 오는 배우. 본인 연기만 따 먹으려고 상대배우 연기를 무시하거나 디렉션을 따로 주는 배우. 대본 무시하고 자기 마음대로 애드리브하는 배우. 연기보다 의전에만 더 신경 쓰는 배우.

배우(俳優)의 '배'가 아닐 비(非)에 사람 인(亻)이잖아. 그럼에도 내가 늘 그랬거든. "배우도 결국 사람이다" 우리끼리 가끔 얘기하잖아. "어머, 걔 캐스팅했어? 근데 요즘 많이 변했대. 갑질 장난 아니래. 너 힘들겠다." 하지만 촬영 환경과 분위기만 잘 만들어주고 인간적으로 리스펙한다는 느낌만 줘도, 사실 웬만한 배우들은 굉장히 우호적이거든.

근데 우주가 자기를 중심으로 도는 배우, 신인 때는 착했는데 톱스타가 되면서 변한 배우, 혹은 선천적으로 인간에 대한 예의가 없는 배우는 힘들더라고. 그런 배우들은 결국 오래가지 않아. 대체 배우들이 점점 생기거든. 영원한 건 없다. 그래서 연출들도 잘나갈 때 주위 사람들 챙겨야 하는 법. 나이 들었는데 주위에 사람이 없는 건 그 사람이 잘나갈 때 주위 사람들한테 잘했는지 잘난 척만 했는지를 보여주는 척도!

어떡하다 보니 내 최애 배우 시리즈가 됐네. 너의 최애 배우는 누구인지 궁금하다.

참, 은유 작가의 『올드걸의 시집』에서 본 글귀인데, 니체 형이 그랬대. 친구는 '야전침대' 같은 존재가 되어줘야 한다고. 오리털 이불 같은 친구는 그냥 잠들어버릴지도 모르니, 딱딱한 야전침대에서 잠시 피로만 풀고 다시 떠나도록 하게끔 절제된 우정을 권유했다고.

공감이 돼?

최애배우

너의 최애 배우는 누구니?

우리가 만든 드라마는 삶이 주는
작은 선물에 끼일 수 있을까?

나의 '야전침대' 같은 존재 재현이에게

제주에 온 지 보름이 넘었다. 2주 전, 요즘 유행하는 '나에게 선물하기' 차원에서 구국의 결단을 내렸어. 그래, 더 늦기 전에 제주에서 한 달 살기를 해보자. 절대 고독도 느껴보고, 책도 읽고, 뒹굴뒹굴하며 경쟁 없는 이곳에서 힐링해보자. 내 MBTI가 E인지 I인지도 테스트해보자. 《쇼생크 탈출》의 팀 로빈스처럼 프리덤을 외치며 노트북 하나, 기타 하나 메고 서귀포 해안가로 왔지.

　어떤 언어로 이 아름다운 풍경을 묘사할까 고민하다가 그냥 한

마디로 정리됐어. 천지창조. 제주 바다의 수평선과 태양과 바다와 구름과 바람 소리는 자주 천지창조 그림을 만들어내. 이건 그냥 봐야 돼. 어떻게 설명할 수 없는 압도적인 아름다움이야. 제주 한 달 살기의 첫 깨달음.

그리고 제일 중요한 것에 대한 답을 찾았어. "은퇴하면 뭐 할래?"이 질문에 대한 답. 제주도 풍경 좋은 곳에 독립 서점들이 꽤 있거든. 대표적으로 함덕에 '만춘서점'이라고 있어. 책도 살 겸 심심해서 들어갔는데, 분위기가 너무 좋은 거야. 뭐지? 이 안온함은? 나 왜 이런 거지? 뭔가 나라는 존재가 이 공간에 완벽하게 받아들여진 느낌이랄까? 책들도 주식이나 자기 계발서는 아예 없어. 주인장의 세계관이 들어간 거지. 아, 이거다 싶었어. 동시에 쓰라린 기억이 떠올랐어. 오래전에 술 먹다 나의 비밀결사 '신사의 충격' 멤버들에게 툭 던진 적이 있어.

"나 은퇴하면 LP 바를 할까?"

"아냐, 아냐. 노놉. 너랑 안 맞아."

"왜 뭐가 안 맞아? 나 음악 듣는 거 좋아해. 좀 편향되긴 하지만. 기타 치고 노래하는 것도 좋아해. 물론 레파토리가 정해져 있지만. 술자리 좋아하는 건 그대들이 더 잘 알 거고. 물론 1시 5분이면 사라지지만…"

"야, 그건 네가 LP 바 손님일 때 얘기지. 자, 생각해봐. 맥주 한 병 시켜놓고 신청곡은 네 장 다섯 장 빽빽하게 적는 손님들을 어떻게 대할래? 술 먹고 '전두환, 박정희 때가 좋았다' 이런 헛소리하는 진상들은 또 어떻게 대할래? 지인들이 번갈아 와서 술 한잔 같이하자 그러면? 거절 못 하는 네 성격에 홀짝홀짝 받아 먹다가 네 몸이 먼저 훅 갈걸? 게다가 장사가 매일 잘되란 법 있어? 손님 없을 때 외로움을 어떻게 달랠 건지 생각해봤어?"

그런 충고를 들으니 LP 바 사장은 엄두가 안 나더라. 그런데 독립 서점은 묘하게 E와 I가 거의 반반인 내 성정에 딱 맞는 거 같아. 뭐? 네가 볼 때 나는 그냥 E라고? 나도 혼자 있는 시간은 절대 사수하고 싶은 I 기질이 있어, 이거 왜 이래?

뭔가 은퇴하고 난 후의 일을 정하니까 뿌듯해지고, 나 스스로가 대견해 칭찬도 해주고 싶었어.

문 여는 순간 뒤통수를 때리는 질문. '근데 서점을 하면 한 달에 얼마나 벌지?' 초면에 대뜸 주인장한테 직접 물어볼 수는 없잖아.

모 배우한테 들은 얘기인데, 뮤지컬 마지막 공연 끝나고 커튼콜 타임에 박수받으며 폴더 인사하잖아. 그때 주연배우가 무슨 생각 하는 줄 알아?

‘다음 작품 캐스팅이 안 들어오네. 이제 뭐 먹고 살지?’

먹고사니즘이 이렇게 중요하다. 어느 집은 가훈이 이런 거래. ‘돈이 진심이다.’ 또 어느 집은 가훈이 이렇대. ‘돈은 거짓말을 안 한다.’ 뭔가 묘하게 설득력 있다, 하하. 그렇지만 나는 과감히 이렇게 정했어. ‘돈은 다가 아니다!’ 독립 서점 해서 재벌될 거 아닌데, 내가 좋아하는 일을 하는 게 맞는 것 같아.

‘독립 서점 해서 돈 걱정 안 하고 살기’ 뭐 이런 책은 없나? 일단 하던 거나 잘하자. 오늘은 여기까지. 역시 난 P야. 감독을 하면서 J인 척하지만 선천적으론 P가 더 맞는 거 같아.

독립 서점을 들렀다 오는 길에 성산 일출봉이 보였어. 때마침 라디오에서 나오는 노래. 폴킴 〈모든 날 모든 순간〉. 심장이 쿵쾅대기 시작했어. 왜 이렇게 반갑지? 《키스 먼저 할까요?》 OST였던 노래. 이제는 드라마를 떠나 메가히트송이 되었지.
그때 나는 사실 산울림의 〈독백〉 리메이크곡을 더 밀었었어. 세상에서 가장 쓸쓸한 노래라고 스스로 명명했던 곡. 남자 주인공 감우성 테마로는 딱이었던 거야.
〈모든 날 모든 순간〉은 데모 버전만 듣고는 ‘너무 매끄러운데?

너무 상업적인 것 아냐?’ 했었는데, 현종 음악감독님이 강력 추천했지.

“이런 노래도 하나 있어야 해. 노래가 괜찮아.”

옆에서 듣고 있던 너도 거들었지.

“형, 노래 좋은데요?”

큰일 날 뻔했다. 이 노래를 드롭시켰으면 어쩔 뻔했어. 아찔하다, 아찔해. 그 이후로 나는 음악감독님 선곡을 절대적으로 믿기로 했어. 하여튼 폴킴 노래를 흥얼거리다 자연스레 지금의 이 온도, 습도, 풍경이 나를 1999년으로 데려갔어.

정서 과잉의 시절, 이렇게 살지도, 저렇게 죽지도 못하는 서른 살이었지. 그때 나는 이런저런 이유로 잠시 드라마 제작에 손을 떼고 편성팀에서 9~6시 근무를 할 때였어.

내 인생에 죄를 짓고 있는 듯한 죄책감에 혼자서 제주로 내려온 적이 있거든. 은유 작가가 “인생은 가끔 외롭고, 자주 괴롭고, 문득 그립다” 그랬는데, 아마 외로움, 괴로움, 그리움이 동시에 엄습하던 시절이었나 봐.

첫째 날의 혼술에 이어 둘째 날 성산 일출봉 언저리 허름한 모텔에 짐을 풀었는데, TV에서 SBS 드라마가 나오는 거야. 제목도 선명히 기억해.《크리스탈》. 박용우, 김남주 주연.

'난 여기서 신나게 놀고 있는데, 연출하는 선배는 얼마나 피가 마를까? 여기까지 와서도 드라마는 내 곁을 떠나가지 않는구나. 그래도 연출을 하면 얼마나 좋을까…. 결국 나는 이 바닥을 벗어나지 못하겠구나. 도망간 곳에 천국은 없다.'

이런 상념에 다음 날 서귀포 영화박물관에 가서 전의를 불태웠어. 훌륭한 감독은 힘들어도 좋은 감독은 되어야 겠다고.

지나가는 중학생도 한마디 하는 게 드라마라지만, 밥상 위의 반찬 같은 존재가 드라마라지만, 인생은 살기 어렵다는데 드라마는 너무 쉽게 만들어지지만, 그럼에도 어쨌거나 우리가 만든 드라마가 삶에 지친 누군가에게 큰 위안이 된다면 그 맛에 우린 또 나아가는 동력을 얻을 수 있지 않을까?

마치 강력반 형사 박미옥 씨가 "이 힘들고 무서운 일을 계속하게끔 하는 동력은 뭔가요?"라는 질문에 수줍게 "손맛이요" 했을 때처럼. 나쁜 놈들을 긴 잠복 끝에 잡아서 손에다 수갑 채울 때 짜릿하게 느낀다는 '손맛'.

《키스 먼저 할까요?》 방송할 때였어. 너랑 같이 본방을 보고 있었지. 나는 주로 TV를 보고, 너는 핸드폰으로 톡방 반응을 챙기고 있었지. 그때 네가 나를 손으로 툭 치면서 보여준 톡방에는 이런 글이 있었어.

"오늘 죽을 만큼 힘든 날이었는데… 정말 죽을까도 생각했는데… 뜻하지 않게 이 드라마를 보면서 많이 힐링이 되었어요"

톡을 남긴 분은 지금도 꿋꿋이 살고 계실까? 가끔 인생이 숨겨놓은 선물에 위안을 받고 계실까? 우리가 만든 드라마는 삶이 주는 작은 선물에 끼일 수 있을까?

수평선을 온통 붉게 물들이는, 저물면서 빛나는 바다를 보면서 숙소로 돌아갑니다. 독립 서점에서 산 책들을 껴안고.

은유『올드걸의 시집』, 박미옥『형사 박미옥』, 윤성근『헌책 낙서 수집광』, 신형철『인생의 역사』, 이성복『무한화서』, 엄기호『나는 세상을 리셋하고 싶습니다』.

참, 제주 한 달 살기의 성과가 또 있다. MBTI의 E와 I를 확실히 구분하는 법을 알았어. PPT를 한다거나 혹은 무대 비슷한 곳에 서게 됐을 때, 심장이 쿵쾅대거나 그냥 돈으로 주면 안 되나 하는 사람은 I이고, 그 스포트라이트를 은근히 즐기는 사람은 E래. 제작발

표회 마이크를 잡을 때 쑥스럽지만 뭔가 피가 도는 나는 E가 확실한 걸로. 시인이자 드라마 연출가인 김재현 감독은 어느 성향이신가?

저한테 기획은 살면서 얻게 된
질문을 던지는 일 같아요

제주에서 유유자적 하실 정현이 형에게

촬영이 끝나면 밀려오는 마음을 저도 이제야 알게 됐습니다, 형. 홀로 제주의 낮과 밤을 산책하고 계시겠네요. 어쩐지 외롭기도 하고, 어쩐지 쓸쓸하기도 하고. 마음에 쌓인 눈들을 따뜻한 문장으로 녹이고 계시겠구나. 그런 짐작을 하며 편지를 읽었어요.

　형의 마음이 날씨처럼 느껴져요. 촬영 중일 때 형의 문체에선 매미 소리와 힘찬 함성이 들렸는데, 이번 편지에선 어딘가 서늘해진 바람 냄새랑 고요한 들판이 보이더라고요. 기분 좋은 외로움 속

에서,《반짝이는 워터멜론》의 수많은 편린을 비워내는 형의 산책
길을 그려봅니다.

사실 뭔가 이 책에 실용성을 담아야 하지 않을까, 그런 강박관
념이 좀 들어와서 질문을 좀 짜냈어요. 하지만 뭐랄까? 형 답장을
읽으면서 이런 것들이 진짜 도움이 될까, 그런 생각이 들기는 했습
니다. 조금만 뒤져보면 다 나오는 얘기이기도 하고.

근데 형 글을 읽다 보니 '실용적'이라는 워딩 자체가 어쩐지 이
책에는 필요 없지 않을까 싶었어요.

형 말씀처럼 "심장에 물기를 가지는 일"이 실용적인 건 아니잖
아요. 오히려 무용한 일들, 무용하고 비능률적인 삶 속에서 태어나
죠. 결국 선배 입장에선 그 '물기'를 가진 후배들에게 끌리게 되는
것을요.

그나저나 우리의 오준발이 그런 말을 했다고요? 저한텐 "형, 나
는 손 안 대고 코 풀고 싶어. 누가 차려주는 성공의 밥상에 숟가락
만 얹고 싶어"했는데. 심지어 1년 차 때요.

《7인의 탈출》을 찍으며 고생하고 있을 준발이의 얼굴이 눈에
선하네요. 끝나면 한잔하자 했는데. 그러게요, 형. 준혁이도 심장에
물기가 참 많은 친구예요. 언젠가 준혁이랑 같이 비틀비틀 일산서
탄현까지 왔던 봄밤이 떠올라요. 드라마가 뭔지, 왜 이 일을 하는
지, 답은 없어도 낭만은 있는 대화 속에서 한참을 걸었었는데.

'관종'이라는 단어에서 맘이 걸렸어요. 우리는 늘 시선과 평가에 시달리잖아요. 타인의 시선에 의해 내 삶의 실패와 성공이 규정되는 것 같고, 결국 그게 내 자존감까지 갉아먹을 때가 있더라고요. 무시하면 되지 않느냐 하는데, 쉽지 않은 것 같아요. 자기 안에 자신만이 오롯하여 타인에게 인정받지 않아도 되는 삶. 그런 삶을 누구나 동경하지만 그걸 이룰 수 있는 사람이 몇이나 될까요, 형.

'내가 관종인가? 타인에게 계속 관심을 원하나?'

그런 생각 속에서 자책의 굴레에 빠진 적이 있어요. 그게 저를 아주아주 괴롭게 했거든요. '난 잘하고 있나? 문제는 없나? 인성은 괜찮은가?' 스스로에게 자문할수록 부끄러운 마음만 몰려오더라고요. 부족하고 부족하구나. 자책의 그늘 속에 있었습니다. 이 편지를 주고받던 올여름 즈음에 계속 그런 상태였던 거 같아요.

연출자. 우리끼리 흔히 스타 감독, 스타 PD, 그런 말을 쓰잖아요. 고기 등급을 나누듯 A급, B급, 이렇게 급을 나누기도 하고요. 자본주의 안에서 이러한 평가는 어쩔 수가 없다고 생각하지만, 간혹 그런 기준이 저라는 사람을 결정해버리는 것 같은 기분을 느끼기도 했어요.

가령 여러 이유로 《천원짜리 변호사》가 흔들거렸을 때, 결국 계획처럼 되지 않았을 때, 그로 인해 사람들이 상처받는 걸 보았을 때, 죄책감과 더불어 자존감도 박살 나버렸죠.

여름을 관통하고, 가을을 지나치고, 겨울이 깊어가는 동안 저는 그것들과 싸워온 거 같아요. 외부의 기준에 중심 없이 흔들리느라 곤죽이 되어버린 저 자신이 보이더라고요.

'나는 뭘 좋아했지? 어떤 인생을 살고 싶었지?'

그런 고민 속에서 글쓰기와 기타와 요리를 가까이했어요. 과정 그 자체가 목적일 수 있는 나의 몇 안 되는 행위들을요.

그렇게 1년을 몰두했습니다. 아주 보잘것없지만 아주 순수하게 즐거워하고 있는 자신이 보이더라고요. 아, 이게 나구나. 이 조막만 한, 콤플렉스와 트라우마 덩어리가 나구나. 그리고 나는 이토록 조막만 한 나를 껴안아주기 위해 애쓰며 사는구나. 내가 읽고 쓰고 보고 찍는 모든 이야기에는 이 아이가 있는 거구나. 내가 잘하고 있는지 아닌지는 결국 이 아이에게 되묻는 것이라는 걸.

정림 선배랑 술을 먹었어요. 요즘 들뢰즈의 『시네마』를 같이 읽고 있거든요. 공부는 뒷전이고 인생에 대한 한탄과 누구 뒷담화, 혹은 시시콜콜한 일상과 노잼 확률이 더 높은 드립 배틀이 대다수지만, 그날은 좀 슬펐던 것 같아요. 돌아가는데, 정림 선배에게 카톡이 왔어요.

"재현아, 행복해라. 우린 다 첨이잖아. 서투르고 실수투성이잖
아"

모든 드라마는 우리를 처음으로 데려가는 것 같아요. 《반짝이
는 워터멜론》을 시작할 때 "피가 도는 것 같다"고 쓰셨던 형이 지금
제주도에 홀로 머무시는 게 그런 기분 때문이 아닌가 짐작해봅니
다. 깊은 연애가 끝나듯 하나의 사건이 끝나고 결국 삶은 홀로임을
깨달아갈 때, 저는 제 심장에서 장판 냄새를 풍기며 삐져나오는 물
기를 느껴요.

많은 일이 거듭 제 몸을 통과하고, 그게 누적되어 시간이 쌓여가
고, 이상하게도 알았던 모든 게 점점 모르는 일이 되어가다 보면, 형,
제게 선명해지는 건 답이 아니라 질문뿐이더라고요.

그래서 뭐랄까? 더 물렁하고 실용적이지 않게 얘기해볼게요.
저한테 기획은 살면서 얻게 된 질문을 던지는 일 같아요. 그러니까
가령 형의 드라마를 보면 느껴지는 기획, 그건….

"지나간 것들은 어찌나 아름다운지. 지금의 우리는 어찌나 비
참하고 현실적인지. 그러나 이 또한 먼 미래의 옛날이 되어 아

름다움으로 남지 않을지. 그러니 우리의 지금이란"

《키스 먼저 할까요?》《화양연화》《반짝이는 워터멜론》까지, 후배 입장에서 형의 드라마를 보면 늘 세월이 느껴집니다. 이야기라는 앙상한 나무 위에 형이 매달아두는 잎들은 뭐랄까, 언제나 시간이 느껴져요. 느리지만 찬찬히 들여다보아야 알 수 있는 것. 이문세의 노래를 듣는 기분으로.

좀 차갑게 쓰려 하는데, 잘 안 되네요. 서간문이라서 더 그런가 봐요. 하고자 했던 말은 이런 거였어요. 결국 모든 이야기꾼은 자기 안에 하나의 화두를 품고 살다 죽는 것 같아요. 몇몇 천재를 제외하면, 전혀 유별날 것 없는 하나의 화두를요. 그 화두를 발견한 이야기꾼은 유행, 돈, 흥행, 그런 것들을 신경 쓰면서도 결국은 그 화두 하나를 쥔 채 평생을 반복하는 듯싶습니다. '심장의 물기'라는 건 그 화두 같은 게 아닐까요? 돌이켜보니 제가 존경하는 선후배들은 그 물기를 깊이 파 우물로 만들어가는 사람들 같고요.

아… 출판사에서 싫어할 것 같은 글인데, 이제 모르겠어요. 지난번 편지 때 정신 차리고 써야지 했는데… 형 문체가 너무나 쓸쓸하고 은은해서 마음이 또 액화되어버렸습니다.

시 한 편 붙일게요, 형.

기념일

누군가 떠나고 나면
남아 있는 사람들이란 대개 그런 법이지만
특히나 누군가 예고도 없이 떠나고 나면
알게 되는 것들이 있다

울다 쓰러질 엄마들을 위해 납골당 바닥에 매트를 깔았어야지
울분에 찰 아빠들을 위해 납골함을 무른 천으로 짰어야지
기억에 잠길 친구들을 위해 곳곳에 편지지를 두었어야지

반면 점점 더 모르게 되는 것들도 있는데
옳고 그름에 대한 거랑
사실은 내가 안다고 믿었던
그 모든 것

운다는 건 아직 살아 있단 거니까
최선을 다해 그런 인간들 편이나 되어줘야지
뭐 그런 나이브한 다짐만 남은 채

누군가 떠나고 이 년이 흘렀다
그게 아무리 갑작스러운 죽음이었어도
이젠 그의 납골당에서 도시락을 까먹고
담배를 피고 산책도 한다
해가 질 좋은 노을로 으깨지는 걸 보며
집 가서 계란프라이나 부쳐 먹어야지
퇴근 시간은 피해 돌아가야지 생각하면서

이젠 그런 인간으로 남는 것조차 쉽지 않은 일
그래도 친구, 나 아직 사람 같기는 하지?
하고,

환히 웃는 사람의 얼굴에다가
내 얼굴을 겹쳐보고 온다

우리는 만드는 사람이잖아.
결이 달라.

너에게로 또다시, 재현

그대의 시 〈기념일〉을 읽으면서 "슬픔도 시간 속에 풍화된다"는 김훈의 명문이 떠올랐어. 나는 이제 아버지 산소에 가서도 슬프지가 않은데, 옆 산소에서는 가족들이 울고 있었다는, 그래서 먼 슬픔이 가까운 슬픔을 밀어낸다는 산문.

　나이를 먹으면 어느 날 느닷없는 지인의 죽음을 겪게 되지. 나도 대학교 2학년 때 군대 가서 죽은 선배가 있었어. 참 아름다운 사람이었는데. 삶의 고비마다 그가 있었다면, 그는 어떤 말을 해줬을까? 어떤 삶의 궤적을 그렸을까? 그리워지는 사람. 너무 일찍 별이 되어버린 사람. 그가 나에게 선물해준 책은 아직도 나의 책꽂이에 자리 잡고 있지. 친필 편지와 함께.

부러워, 신춘문예 시인 출신인 네가.

그건 그렇고, 꼰대 같은 소리 좀 해야겠다. 작정하고 하는 거야. 이정림 감독이랑 뭐? 들뢰즈의 『시네마』를 같이 읽고 있다고? 드라마 흥행하고 전혀 상관없는 먹물의 책을 보고 있네. 아냐, 아냐. 그건 아냐. 쓸데없는 짓이야. 읽지 마. 그런 거. 그냥 지적 허영이야. 차라리 술 먹고 사는 얘기 하는 게 훨씬 더 도움이 될걸? 그래서 너도 술만 먹은 거지? 저 책은 평론가용이야.

우리는 만드는 사람이잖아. 결이 달라. 마인드가 다르다고 해야 하나? 예를 하나 들어주지. 예전에 내가 《사랑에 미치다》란 작품을 했었잖아. 윤계상, 이미연 주연. 마지막 회 엔딩은 이래. 헤어졌던 연인이 덕수궁 돌담길에서 조우해. 마주 보며 서 있는 두 사람. 배우들의 얼굴에 희미한 웃음이 아리다. 서 있는 두 사람에서 스틸이 잡히거든. 엔딩이라 각 잡고 오래 찍었더니 서 있는 것이 힘들었던지 윤 배우의 다리가 살짝 움찔했어. 그걸 보고 평론가들은 어떻게 분석하는 줄 알아? 라캉이나 융의 심리학을 예로 들면서 저

둘은 결국 다가가서 하나가 되네 마네 훌륭한 분석을 하시더라고. 우린 그냥 대본에 충실했고, 배우는 다리가 조금 아팠을 뿐인데.

들뢰즈 형처럼 어려운 책보다 그냥 만화 카페 가서 웹툰이나 서사 있는 소설책을 보시길 강추합니다. 사후 분석은 시청자와 평론가들의 몫이야. 물론 책이란 게 읽어서 나쁠 건 없지. 가끔 지적 현학을 과시하고도 싶고. 근데 잔소리를 하는 건 거기에 경도될까 봐 그래. 그냥 사람 사는 이야기가 훨씬 더 뭉클하게 다가오는 경험을 직간접적으로 했으면 좋겠다.

그나저나 그대는 고민이 너무 많네. 생각도 많고. 작품 후유증일 텐데. 《천원짜리 변호사》를 멋지게 잘해냈음에도 불구하고 왜 그런 거지? 그치, 그건 너밖에 모르지.

근데 김 감독! 존재와 세계는 화해할 수가 없어. 정호승 시인이 멋진 시구로 정리했어. 나는 외로울 때마다 인생에게 술을 사주었지만, 인생은 나에게 결코 술 한잔 사주지 않았다잖아. 인생이란 이 싸가지 없는 녀석은 결코 '나'라는 존재에게 친절하지 않아. 그럼에도 가끔, 아주 가끔 작은 선물을 숨겨놓기도 하지. 그 선물이 또 몇 년 버티는 동력이 된다고나 할까?

은유 작가는 또 그랬어. "산다는 것은 물음을 발명하는 일이지. 묻고 답하고 한평생. 그러다 가는 거야. 물음이 멈출 때 투쟁도 끝나겠지"라고. 니체 형은 또 그랬어. "머뭇거리는 생이여. 늦었다고 생각할 때 재빨리 악행을 저질러라라!" 최영미 시인은 또 어떻고?

"엎질러진 물은 잘 추스르면 된다"

그냥 네 삶의 한 국면에서 잔이 흔들려 물이 조금 쏟아진 거라고 생각하면 돼. 정신과 김지용 선생님이 그러는데, 다들 '카르페 디엠'을 얘기하지만 이게 말처럼 쉽지 않대. 현실에 굳건히 닻을 내려야 하는데, 자기는 운동과 명상을 강추한다고 해. 그런 의미에서 네가 요리와 기타를 하는 건 아주 바람직해 보여. 움직여. 악행을 저질러. 형도 일렉 기타를 한번 배워볼까 해. 아니, 보컬 레슨도 받아야 하고. 몸 여기저기가 뻐근해서 요가도 배워보고 싶어. 할 게 너무 많다.

이 모든 것에도 불구하고 내가 해주고 싶은 말.

그냥 살아. 좋아하는 거 하면서. 자꾸 이유 묻지 말고!

궁극의 기획안.
낸들 그걸 알 리가 있나?

불러도 불러도 대답 없는 이름이여

부르다가 내가 죽을 이름이여

그 이름 김재현!

무슨 일 있는 건 아닌지. 연락도 없고, 편지도 없어서. 대본 뽑느라
정신없겠거니 하고 생각해본다. 하기야 우리가 같은 조직 안에 있
었어도 프로그램을 하다 보면 1년에 한 번 만날까 말까 한 적도 있
었지. 그것을 위안 삼아 대답 없는 너를 용서하마.

징징대려고 자판을 두드리고 있어. 나도 한 번쯤은 투정 부리고 싶어서. 집에선 멋있는 가장인데, 어디다 징징대겠니. 너한테나 해야지. 나 완전 백수 됐어. 이렇게 완벽한 백수는 처음인 듯. 남들 놀 때 이런 시간을 잘 보내야 한다, 몸이 너에게 쉬라고 명령하는 거다, 이참에 주위 사람들 신경 써라, 못 읽은 책이나 영화를 보며 빌드업을 해라, 온갖 좋은 얘기 다 했으면서 정작 나한테 시간이 붕 뜨니 뜬금없이 초조해지고 주위 사람들한테 급발진하는 후진 작태를 보이네.

프리랜서는 불안한 행복이라더니, 본격적인 불안함의 시기가 도래한 듯해. 음악감독님한테 일 없는 이 불안함을 어떻게 이기냐고 진지하게 물었더니 돌아오는 말.

"너는 아직 한참 멀었어…"

강아지 똥 한 개, 두 개, 세 개 차곡차곡 치우는 나날의 연속. 죽는 법은 없다더니 어느 날 한 통의 전화가 걸려왔어. 한겨레문화학교 간사님.

"PD님 혹시 기획안 특강해주실 수 있나요?"
"작년에 했던 거요? 그럼요. 저 한가합니다."
"다행이에요. 그럼 혹시 평일반 외에 주말반 하나 더 개설해도 될까요?"

"그럼요. 주 5일도 가능합니다, 하하하. 재능 기부하는 거죠. 마음껏 개설하세요."

"네네, 감사합니다. 그럼 그렇게 진행하겠습니다. 또 진행 상황 보고드릴게요."

"잠깐만요! 저, 근데 강의료는 어느 정도 주시는지…."

재취업을 축하한다고? 암만 암만. 인생을 선으로 살지 말고 점으로 살라고 그러더니, 점들이 쌓여서 또 이런 일이 생기는구나. 주 2회 특강. 손정현 PD와 함께하는 궁극의 기획안 7주 특강! 야, 뽀대난다, 크크. 사진도 멋있는 거 고르느라 3일 걸렸다.

《키스 먼저 할까요?》할 때 세트에서 '이걸 대체 어떻게 찍어야 하는 거야?' 하며 나름 진지한 고민과 자학을 하던, 남들이 볼 땐 좀 있어 보이는 사진.

그런데 말이야, 재취업의 기쁨은 잠시. 강의 날이 다가올수록 점점 가슴이 답답해지고 자꾸 어디론가 도망가고 싶은 이 증상은 또 뭐지? 강의를 한두 번 한 것도 아닌데…. 무식하면 용감하다더니 그동안은 강의를 어떻게 한 건지. 게다가 이번엔 타이틀이 디렉터나 기획 PD 지망생을 대상으로 한 궁극의 기획안 특강이야. 그냥 기획안도 아니고 궁극의 기획안. 낸들 그걸 알 리가 있나? 그걸 알

면 내가 지금 너에게 이 메일을 쓰고 있겠니? 벌써 할리우드 진출
했지.

눈빛이 간절한 취준생들 상대로 그럴싸한 사기를 치는 게 아닌
가 하는 두려움과 공포가 엄습하기 시작했어. '입 뒀다 뭐 하나?'가
우리 집 가훈이라 또 물어봤지.《선재 업고 튀어》연출로 한창 바쁜
김태엽 군한테. 내가 너만큼 사랑하는 후배 감독이자 솔루션이 많
은 친구지. 우리가 또 남의 인생 컨설팅은 잘하잖아.

"형님, 이창동 감독님이 전에 한예종 수업하시면서 형님과 비
슷한 고민을 토로한 적이 있지요. '강의가 잘 안 되면 안 되는
대로 괴롭고, 잘되는 날엔 잘되는 대로 괴롭다.'"
"잘되는 날에는 왜 괴로우신 거래?"
"그렇죠. 그 질문이 나올 줄 알았습니다. 감독님은 이렇게 말씀
하셨어요. '잘되는 날엔 애들한테 사기 치는 것 같아서 괴롭다'
고."

나도 그런 비슷한 고민이야. 애들 상대로 사기 치는 것 같아서.
이창동 감독님도 나와 비슷한 고민을 하셨다니 뭔가 위안이 빡! 된
다. 이 대목에서 한잔!
다음 날 일어났는데, 이창동 감독님의 에피소드 엔딩이 도무지

기억 안 나는 거야. 중간에 그런 거장들도 나랑 비슷한 고민을 하는 구나 싶어 기분 좋게 원샷한 기억만 나고. 그래서 창피함을 무릅쓰 고 다시 김태엽 감독한테 톡을 날렸지.

"어제 잘 들어가심? 근데 어제 그대가 얘기한 이창동 감독님 에 피소드의 엔딩이 뭐였지?"
"…그래서 그만 두셨대요."

- To be continued -

답장해

불러도 불러도 대답없는 이름이여

훌륭한 연출의 가장 큰 덕목은
'잘 기다리는 것' 아닐까요?

오래 기다리신 정현이 형에게

답장 없이 받기만 하는 날이 많았습니다. 두 달간 번잡한 마음속에서 보냈어요. 그사이 형과 얼굴을 마주하긴 했지만. 얼굴을 보면 잘 나오지 않는 속마음이 손끝에서는 잘 흘러나오는 게, "펜은 심장의 지진계"라 했던 김승일 시인의 시가 문득 떠오르기도 하네요.

《천원짜리 변호사》 끝나고 헛헛한 마음으로 형과 주고받기 시작했는데 벌써 1년 가까이 흘렀어요. 형의 《반짝이는 워터멜론》은 끝이 났고, 저는 이제 새로운 작품을 존버 중이네요.

아, 준비 아니냐고요? 에이, 형, 저 국문과 출신이잖아요. 존버 중 맞아요. 네, 망했어요. 캐스팅이 안 돼요. "대본은 좋은데…"라는 거절의 말을 계속 듣고 있습니다. 이쯤 되니까 "대본은 좋은데…"의 뒷말을 혼자 써보고 혼자 읽고 있더라고요.

자존감이 바닥을 치고 있다는 뜻이겠죠. RPG 게임에서 HP가 깎여나가듯이, 이정도면 게임오버인가? 작가님이랑 저랑은 거의 매일 아침저녁으로 통화하며 신세 한탄하고 있어요. "감독님, 어쩌죠?" 작가님이 그러시면, 그 전엔 "작가님, 저만 믿어요" 했거든요? 근데 이제 "작가님, 어떡해요?" 하고 제가 물어요. 그리고 뭐 둘이 같이 모든 힘을 끌어모아 세상을 욕하는 거죠. 그러고 나면 좀 괜찮아져서 한 일주일은 버틸만 하더라고요.

인생은 기다림의 연속이라는데. 형이 저 똘망똘망한 신입 사원 시절에 그랬잖아요. "재현아, 존버해라, 존버." 제가 그 말 하나 철썩같이 믿고 존버해서 입봉이란 걸 하긴 했는데, 저는 그게 입봉 전까지만 하면 되는 줄 알았죠. 입봉이야말로 존버의 시작이구나. 형의 말은 '입봉할 때까지'가 아니라 '은퇴할 때까지'라는 뜻이었구나. 하, 이럴 줄 알았으면 내가 이 일 안 했지….

사실 저는 그렇다 쳐도 우리 작가님이 걱정이에요. 그녀는 이 작품을 쥐고 4년째거든요. 쓰고, 고치고, 당선하고, 기다리고…. 형, 저도 써봐서 알잖아요. 감독이 되기 전에 글 끄적거릴 때요. 계속해서 평가당하는 기분으로 몇 년을 버틴다는 것이 어떤 고통인지 알 거든요. 작가는 발가벗겨진 기분으로 쓸 텐데, 내가 이 글을 함부로 평가해도 되나? 먹고사는 건 괜찮나? 이럴 땐 제가 아주 현명했으면 좋겠어요.

대체 감독이란 무엇인가? 찍기 전엔 거절의 연속이고, 찍을 땐 안 되는 것의 연속이고, 내 편은 하나 없는 것 같고. 당최 마음만 애달프니 감독이란 '감'질만 내며 '독'수공방할 직업의 줄임말은 아닌가? 작가란 '작'정을 해도 '가'면 안 되는 길의 줄임말은 아닌가?

자학은 잠시 멈추고 명상을 좀 해야겠어요. 제가 요즘 이렇다니까요. 요즘은 그래도 좋아진 게, 불안과 우울에 대처하는 기술이 좀 늘었어요. 예전엔 '어떻게 해결해야 해?'라고 자문하면서, 하루 종일 그 고민만 거듭했거든요. 근데 사실 우리가 뭘 해결할 수 있겠어요? 그냥 멈춰 서서 숨이나 고르고 있어야죠.

문제란 날씨 같은 거여서 근원책을 마련할 수 없고, 내 상태를 점검하는 게 최선. 마음에 불안과 우울, 긴장과 분노 같은 게 스멀 요량이면 전 재빠르게 역기를 들러 갑니다. 숨이 차오를 정도로 뜀박질을 하거나요. 그렇게 한두 시간쯤 땀을 쭉쭉 흘리고 나면, 세상의 문제들이 사실 별거 아니라는 게 느껴져요.

'반지하 골방에서 습기 닦아내며 살았을 때보다 낫잖아.' 그 생각이 들면, 인생의 '존버'라는 걸 좀 즐기면서 할 수 있을 것 같기도 해요. 동시에 훌륭한 연출의 가장 큰 덕목이 '잘 기다리는 것' 아닌가 싶어요. 작품을 준비할 때든, 찍을 때든 말이죠.

마음이 병들지 않게, 조바심에 잡아먹히지 않도록, 평온한 상태로…. 말이 쉽지, 젠장. 암튼 노력하고 있습니다. 존버가 인생의 진리라는 건 이제 저도 알았으니까, 존버의 노하우 좀 알려주세요.

존버의 노하우?
그런 게 어딨어?

존버라니, 재현아!

내가 어찌 너에게 그리 무책임한 말을 했단 말이니? 존버도 비빌 언덕이 있어야 하는 거지. 미안해. 내가 사기 친 거고 너는 그 말에 낚인 거야. 네가 자꾸 사표를 낸다는 소문이 솔솔 피어오르길래, 나도 모르게 의연한 척 너를 함부로 위로하려고 했나 봐. 정중히 사과드립니다. 그럼에도 불구하고 내 베프에게 "새해 복 마이마이! 올해도 존버합시다!" 했더니, 존버… 맘에 팍팍 와닿는다고 하네. 작년엔 각자도생이 화두더만 올해는 특히 존버가 화두인 듯하다.

김민기의 〈봉우리〉가 괜히 명곡이 아니야. 입봉이라는 봉우리를 헉헉대며 올라서 잠시 바람이나 한번 맞아볼까 했더니, 눈앞에 더 큰 봉우리가 나타나지? 인생은 기다림의 연속이라고? "You fucked up" 연설로 유명한 로버트 드니로 형은 그랬어. 인생은 거절당함의 연속이라고. 그래, 둘 다 맞아. 인생은 기다림의 연속이고, 거절당함의 연속인 거지. 특히나 캐스팅 단계에서 우리는 이 말이 무슨 뜻인지 그 함의를 더욱 자연스럽게 깨닫게 되지. 지루하고 음울하다가 조증을 넘나드는 감정의 진폭.

"대본은 좋은데…" 대본을 보냈을 때 바로 손들고 "제가 할게요!" 하는 톱배우는 없지? 이 바닥에 대표적인 거짓말 중 하나야. 스태프들이 "우리 드라마 진짜 재밌어요" 하는 말과 더불어. 그들의 선의가 고맙지만, 나는 안 믿어.

"대본은 좋은데 말이죠…" 대본이 좋다면 그냥 하면 되지. 말들이 많아, 그치? 근데 그게 또 그렇더라고. 배우들 입장에서는 확 덤비기엔 이것저것 리스크가 많은 거야. '대본이 나쁘진 않은데 뭔가 훅 치고 오는 게 없네. 내 분량도 좀 적은 것 같고.' 대본이 정말 마음에 안 들어서 오지 않는 경우도 있어. 작가가 신인이면 특히나 불안할 거고. 맘 아프지만 받아들일 건 받아들여야죠. 인연이 아닌 사람은 아닌 걸로. 떠나간 버스에 미련 갖지 말자.

SBS 막판 시절 비슷한 딜레마가 있었어. 만지고 있던 대본이 있었는데, 캐스팅이 너무 안 되는 거야. 인연과 줄로 알음알음 동원해보고, 매니저에게 술도 사주고, 잘 부탁한다고도 해보고, 골프 치는 거 빼고 다 해봤다고 생각했는데, 돌아오는 답은 늘 "대본은 좋은데… 아티스트님께서 고사하시네요" 였어. 작가 눈치도 슬슬 보이기 시작했지.

그러던 차에 SBS 드라마가 분사를 결정한 거야. 이것은 뭔가 프리랜서를 하라는 신의 계시? 모든 필연은 우연의 옷을 입고 온다더니 이런 거구나. 근데 왜 나한테 계약하겠다는 전화벨은 안 울리지? 모양새 빠지게 내가 먼저 제작사에 전화 걸 수는 없지 않나? 이런 고민을 하던 차에 마침내 벨이 울렸어. 드디어 올 것이 오는군. 계약금은 얼마를 불러야 양심적이란 소릴 들으면서 실속을 챙기나, 하고 미소 짓는데… 잉? 이것은 SBS 후배 전화?

"형, 분사하는 회사에서 노조위원장을 해주시죠. 형밖에 없습니다."

"헉… 노조위원장이라니… 나는 감투 알러지가 있는 사람이야. 초딩 때 딱 한 번 반장 해본 것 말고 없어. 이거 왜 이래?"

"형, 출범식 때 마이크 한 번만 잡아주심 됩니다. 골치 아픈 일은 저희가 다 하겠습니다."

주여, 왜 나에게 이런 시련을 주시나이까.

그날 저녁 술자리에서, 나의 예스를 기다리는 세 명의 후배가 순간, 어미 새의 먹이를 애타게 기다리는 아기 새 세 마리로 보이기 시작했어. 생각할 시간을 달라고 간신히 설득해 돌려보냈지. 술기운에 잠이 들었는데, 다음 날 눈이 빡 떠지더라고.

그래, 아무리 생각해도 나는 노조위원장감이 아니다. I가 You 보다 먼저란다. 아닌 건 아닌 거야. 후배들에게 고사의 뜻을 강력히 전하려고 약속 장소로 가던 도중 전화 한 통을 받았지. 분사가 무슨 이유에선지 철회되었다고.

아, 그럼 내가 노조위원장을 안 해도 되는구나. 고민은 자연스레 해결되었고, 몇 시간 뒤 본 팩토리 문 대표의 전화를 받으면서 나의 SBS 생활은 한 챕터를 마감하게 되었지.

존버의 노하우? 그런 게 어딨어? 아! 이거 하나는 있다. 내가 도저히 어찌할 수 없는 문제에 대해선 1도 스트레스를 받지 말자.

너도 뭔가 전환점이 필요해 보인다. 미친 척하고 프리랜서라는 정글의 세계로 몸을 던져보던가. 다시 반지하 골방에서 습기를 닦을 순 없잖니.

그대의 존버를 묵묵히 응원하겠습니다.

PS: 참! 강의는 잘하고 있냐고? 암만암만. 또 한 고비 넘겼다. 은유 작가의 『글쓰기 최전선』을 읽다가 '옳다구나! 바로 이거야!' 뒤통수를 강타한 구절이 있었어. 글쓰기 강좌 선생님을 맡아달라는 윗선의 요구에 괴로워 몸부림치던 그가 얻은 깨달음.

"내가 누굴 가르칠 수는 없지만, 나의 경험을 나눠주는 건 할 수 있을 것 같아."

이 구절 하나에 나도 힘을 얻어서 열심히 하고 있다.

인생의 중요한 것들은 중요하지 않은
모습으로 다가오는 것 같아요

나의 봉우리였던 정현이 형에게

예전에 형이랑 '평상'에 앉아 많이 듣곤 했던 노랜데, 진짜 간만에 김민기 선배님의 〈봉우리〉를 다시 들었어요. 촬영이 끝나면 형이랑 저랑 둘이서 주인장도 없는 술집 문을 열고 들어가 앉곤 했잖아요. 알아서 술 꺼내 먹고, 안주 꺼내 먹고. 그때 형이 첨 틀어줬어요. 기분이 참 묘해지네요. 그땐 그저 이런 가사가 다 있었구나, 했는데… 다시 들으니 그게 아니네요. 왜 이런 노래를 만들었는지, 이 노래를 만들고 있을 때의 김민기 선배는 어떤 심정이었을지. 기타를 들고 코드를 치면서 가사를 흥얼거리고 있는 그의 모습이 떠올라요.

요즘 제 삶이 고여 있다는 생각을 했어요. 안주하고 있다는 느낌 있잖아요. 《천원짜리 변호사》 끝나고 제안 진짜 많이 받았거든요. 그때 다 거절했어요. 아직 준비가 안 됐다고 생각했고. 월급이 주는 달콤한 안정감을 버리기도 무서웠고.

연출은 근본적으로 직장인일 수 없는 직업이긴 하잖아요. 우린 하고 싶은 게 각자 강한 인간들인데, 회사는 하고 싶은 것보다 해야 할 것을 먼저 생각하는 '시스템'이니까요. 그것이 본디 모든 회사의 속성이라면 각각의 개성을 내뿜는 연출이라는 직업은 애초에 회사에 있을 수 없는 존재 같아요.

프리랜서… 하려고요. SBS 안에서 크고 자랐어요. 형도 만나고요. 헤아려보니 올해가 딱 10년 차더라고요. 여기가 아니었으면 제가 연출로 성장하지 못했을 거란 생각을 자주 해요. 고마움도, 빚진 기분도 있는 곳.

《시네마 천국》에서 알프레도가 토토를 보내잖아요. 돌아오지 말라고. 돌아올 수 없게 만들잖아요. 떠나는 게 정답은 아니지만, 떠날 수밖에 없는 사람은 떠나야 맞는 거 같아요. 전 제 인생이 결정당하는 기분이 들 때 참기가 힘들더라고요. 실패하고 바닥으로 곤두박질치더라도, 속된 말로 '나락'으로 가더라도, 제 손으로 한 결정이어야 누굴 탓하지 않고 살 수 있을 거 같아요. 음… 아닌가?

어쩌면 안정적인 걸 견디지 못하는 도파민 중독자인가 싶기도 해요, 사실.

아, 참! 형, 존버의 빛이 보이기 시작했어요. 형의 편지를 읽으며 어떤 결정을 해야 하나… 이젠 내가 멈추자고 해야 하나… 올해 또 기다리기만 하면서 시간을 죽일 수는 없는데. 그런 생각을 하던 찰나에요. 연락이 왔어요. 저랑 작가님이랑 둘 다 예전부터 얘기했던 배우거든요. 작년만 해도 일정이 안 나서 포기했었고. 연초에 이제 마지막이다, 정말 마지막이다. 그런 생각 하면서 그냥 대본을 넣었단 말이에요. 근데 만나재요. 감독님이랑 작가님 만나고 싶대요.

얼떨떨하더라고요. 왜 인생은 늘 멈추려고 할 때, 포기하려고 할 때, 또 이렇게 일어날 수밖에 없는 일이 생기는지 모르겠어요. 형이 프리랜서 선언했을 때처럼요.

긴장은 별로 안 돼요. 그냥 만나서 작품 얘기만 하려고요. 진심이 닿는다면 좋은 거고, 아니면 그건 또 인력으로 어쩔 수 없는 일이잖아요(라고 대범하게 말해도 아, 이 자식이 지금 나한테 배우 꼬시는 비기 같은 거 내놓으라고 하는 말이구나, 하고 찰떡같이 읽어내주시겠죠? 크크.)

아, 근데 노조위원장은 늘 문제네요. 얼마 전에 《모범택시2》 연출했던 이단 감독이랑 앉아서 비슷한 이야기를 했거든요. “재현아, 너 나갈 거야?” 그래서 “응. 나가야 할 것 같아” 그랬더니 이단이 “배신자” 그러면서 노조위원장에 대한 이야기를 하더라고요. 회사에서는 아마도 단을 생각하는 것 같아요. 집단이냐, 개인이냐.

"내가 누굴 가르칠 수는 없지만, 나의 경험을 나눠주는 건 할 수 있을 것 같아"라는 형의 말이 너무 와닿아요. 얼마 전까지 극본공모 1차 심사랑 신입 사원 평가를 봤거든요. 그 무수한 서류들에 점수를 매기면서요. '아, 내가 어떻게 누구를 평가하지? 지금 누가 누구를 평가하고 있는 건가?' 그런 생각이 들더라고요.

제가 찍어온 그림들을 보면서 형은 한 번도 평가하지 않았어요. 늘 칭찬해주셨죠. 그래서 찍으면서 겪었던 어려움을 털어놓으면 형은 늘 그렇게 말씀해주셨잖아요.

"응. 그치. 그거 어렵지. 나도 그랬어. 그러면서 이렇게 했거든. 가령 긴 신을 찍을 땐 1차전, 2차전을 내 맘속으로 나눈다!"

형이 저한테 해줬던 것처럼, 후배들한테 하려고 애를 써요. 본래 전 감정적이고 충동적이고 또 불같은 인간이라 성질도 많이 내고 지랄도 많이 하는데, 형이 제 마음속에 늘 닮아야 하는 사람으로 있어서 그런 저를 많이 억누를 수 있습니다.

형은 제 베프기도 하지만 늘 제 스승이에요. 형 글쓰기 강좌 듣는 작가님들은 아마 정말 행복할걸요. 이 얘기 지난 편지에도 썼던 거 같지만 말예요.

"재현아, 드라마는 나이가 들수록 깊어져. 영화는 천재의 영역이 있지만, 드라마는 그렇지 않은 거 같아."

얼마 전에 보내드린 시 있잖아요. 그거 쓰면서 그랬어요. 은유, 비유, 이런 거 한참 해대다가 그냥 산문 쓰듯이 써본 시였어요. 원래 제 시 볼 때 형 표정 있거든요. 애가 뭔 개소리를 해대는 거지? 흰 건 종이고, 까만 것은 글자요. 이런 표정이요.

참 간만에 좋다고 해주셨어요. 제 시 보고. 그 말이 그렇게 좋더라고요. 잘 써야겠다는 생각 없이, 그날따라 너무 슬프고 견딜 수가 없어서 막 썼던 시인데. 제가 써놓고 제가 좋은 건 간만이더라고요.

아마도 형, 인생의 중요한 것들은 중요하지 않은 모습으로 다가오는 것 같아요. 각 잡고 삶은 이런 거라고, 연출은 이런 거라고 말씀해주신 선배들도 있었는데요, 인생이 흔들릴 때 떠오르는 건 늘 형의 말이에요.

형의 말이 가슴에 떠올라요. 무슨 명언 이런 거 아니고, 그냥 형이 "오, 날씨 좋네. 촬영 후다닥 끝내고 '평상' 가서 기타 치며 맥주나 먹자" 그런 투로 했던 많은 말들이요.

그게 뭔지는 말하지 않을래요. 그래야 이 책을 읽는 분들이 '뭐야… 손정현 뭔데? 수업하면 들으러 가보자' 그래서 형 수강생이 늘고, 그래야 또 제가 형한테 부담 없이 술을 얻어먹을 수 있으니까요, 크크.

나의 베프인 정현이 형에게, 겨울이 끝나가는 무렵 부칩니다.
루시드 폴의 〈아직, 있다〉를 들으면서요.

PS: 형, 밴드 만드신다면서요? 밴드 대전 한 번 해야죠. 물론 우리 밴드는
형의 밴드만큼 잘 치진 못하겠지만 패기로 밀어붙여보겠습니다. 그
때를 기다리며 이고도의 〈Mouse〉를 부칩니다.

난 어쩌면 분주한 사람들 틈에
더 가만히 있는 법을 배웠어.

⋯I will find love and
find a way to survive her

어린아이 소풍 나가는 마음으로
그렇게 즐겁고 설렜으면

길은 다시 다른 봉우리로 재현에게

봉우리였던 정현이 형이라… 봉우리였던… 봉우리였던… 음… 그렇
다면 지금은 아니란 얘기구나. 형… 울고 싶다. 남자도 갱년기가 있
는거니? 왜 자꾸 사소한 일에 눈물이 나지?

시간을 이기는 힘은 과거를 오롯이 추억하고 기억하는 거라더
니 그 말이 맞나 봐.《키스 먼저 할까요?》를 할 때 베프 설정이었던
감우성과 김성수. 두 광고쟁이가 밤새 일 마치고 아침부터 낮술을
즐겼다는 회고조의 대사가 있었지. 그래서 어느 순간 초치기 방송

을 앞둔 극도의 긴장 속에서 "재현아! 우리도 대본처럼 아침부터 함 마셔볼까?" 했었고.

그랬던 즐거운 일탈이 어느 순간부터는 유일한 낙이 되었어. 다음 주 방송분은 또 어떻게 내보낼까 하는 두려움과 책임감은 잠시, 아주 잠시 팽개쳐두고 이번 주 방송분을 무사히 넘겼다는 안도감, 이제 한 달만 버티면 된다는 대책 없는 위안 속에서 카페 '평상'을 갔었지. 그때 나는 김민기의 〈봉우리〉를 들려줬고, 그대는 검정치마의 노랠 불렀지.

노래를 듣다가 흥이 나면 구석에 있던 통기타를 누가 먼저랄 것도 없이 자연스레 들었지. 그대는 제이슨 므라즈의 〈I'm yours〉와 김창기의 〈강릉으로 가는 차표 한 장〉 그리고 자작곡 〈베테랑 그녀〉를 불렀고, 나는 김광석의 〈잊혀지는 것〉, 서울대트리오의 〈젊은 연인들〉, 이정선의 〈외로운 사람들〉이 주 레퍼토리였지. 그때가 우리의 마지막 낭만의 시절이었던가 싶다.

캐스팅이 되었다니 너의 존버가 드뎌 결실을 맺었구나. 소식을 전하는 너의 목소리가 약간 흥분된 듯 한 톤이 더 높더구나. 마지막 바람은 이거야. 무엇보다 촬영장 가는 길이 어린아이 소풍 나가는 마음으로 그렇게 즐겁고 설렜으면.

《키스 먼저 할까요?》할 때 한 번도 네가 촬영한 거 갖고 뭐라 그런 적 없다고? 그대가 잘해서 그런 거지. 입봉하는 순간 우린 계급장 떼고 붙는 거잖아. 나도 가끔 후배들 촬영보면서 배우거든. 김선아, 예지원 배우가 〈댄싱 퀸〉 부르는 몽타주 장면은 그대가 정말 잘 찍었어. 그때 그대가 시간 쫓기는 와중에《맘마미아》뮤지컬 안무 디렉터도 만나서 사전 준비를 잘했잖아. 어려운 신들 그렇게 잘 찍어주면 메인 연출은 너무 고맙지. 내가 조연출일 때《봄날》연출자 김종혁 선배한테 투정을 부린 적 있어.

“형, 저는 입봉해서 형들처럼 연출 못 할 것 같아요. 너무 두려워요.”

종혁 선배가 웃으며 얘기하더라고.

“걱정 마. 다 하게 되어있어. 중요한 건 촬영이 아니야.”

알 듯 모를 듯한 그 말이 어찌나 위안이 되던지. 저 선배들도 비슷한 고민을 하는구나 싶었지. 한 번은 설날 특집극 조연출을 할 때였어. 대본을 한 장 한 장 넘기던 구본근 선배가 갑자기 한숨을 푹 쉬더니 이러는 거야.

“야! 이런 건 도대체 어떻게 찍는 거니?”

빵 터졌지. 선배들은 '혼자서도 잘해요'에 최적화된 사람인 줄 알았는데, 그도 인간이었구나. 솔직함. 모든 인문학의 기본은 솔직함이라잖아. 벌거벗는 느낌을 견뎌야 창작이란 걸 할 수 있다고. 그런 맥락에서 너의 최근 자작시는 감동이 있었어.

시라는 것은

시를 쓰려고 앉아 있는 마음은 너도 나를 생각하고 있겠지,
하는 마음이어서 시를 쓰려는 사람은 늘 늦고 미안한 역할이구나
싶다

시를 쓰려고 앉아 있는 시간은 아무도 나를 불러주지 않아
쓸모없는 자가 된 때여서 나는 그저 나의 무용함에 대해서만
생각하게 된다 이걸 해서 돈을 벌 수도 없고 유명해질 수도
없을 테니

무언가를 얻으려고 읽는 사람들은 간혹 묻는다 시를 어떻게
읽어야 하냐고 그럴 때 나는 해줄 말이 없다 사실은 나도 많이
읽지 않고 시를 읽을 때의 나는 싸구려 수국을 올려둔 책상과

같으니까

하지만 나도 마음을 너무 많이 개발해버렸다. 내게 남은 시는
점심을 먹고 도는 우리 엄마 공장 옆의 산책로 같다 현아 점심시간
나왔더니 2월인데 벌써 목련이 폈다. 그럼 나는 엄마 나 운전을
해, 운전 중이야 근데 엄마 엄마는 이혼할 때 안 괴로웠어?
하고픈 말이 넘쳐흘렀을 건데 하지만 그때 나는 너무 어렸잖아
그럼 엄마는 말이 없고 수화기 너머에서는 언니 전화 끊고 거기
서봐 꽃이 좋다 웃어봐 철칵 응 현아 밥 챙겨 먹고 엄마가 저녁에

또 전화하께

시는,

…그리 써놓고 깜빡대는 커서만 보고 있는데 종일 멈춰있던
핸드폰이 카톡, 하고 운다

……

………시는,

추한 주름들 사이에서 나만 아는 아름다움을 바라보는 것
땡볕에 쏟아지는 소나기처럼

흠뻑 젖었다가 아무것도 기억나지 않는 것
전생처럼 가끔 꿈에서나 만나고
잃었다는 사실만 남은 것.

그렇지. 세상에는 가끔 돈이 안 되지만 왠지 하고 싶은, 해야만
하는 것들이 있지. 드라마 PD인 네가 시를 쓴다거나, 김민기 선생이
뮤지컬 《지하철 1호선》을 만든 후 갑자기 돈 안 되는 아동극을 하겠
다고 한 거나, 독립 서점 주인장이 책방으로 먹고살긴 힘들지만 "한
번쯤은 인생의 주도권을 쥐어보자"고 한 거나. 그런 아주 사소한 무
모함들이 모여서 또 세상 한 곳을 지탱하는 힘이 되는 것을.

PS: 근데 편지 쓰면서 문득 든 생각. 우리는 몇 살 차이인 거지? 설마 띠동
    갑을 넘어선 그런 사이인가?

삶과 드라마가
일치해야 한다

이제 막 프리랜서를 선언한 그대에게

프리를 선언하시겠다고? 내가 제대로 들은 게 맞다면 조금 늦은 감이 없지 않아 있지만 일단 축하한다. 연출자들이 조직을 나와 더 큰 물에서 노는 건 거스를 수 없는 대세야. 내가 무슨 도움이 될까마는, 그래도 선 경험은 어찌할 수 없는 거라고 그대가 헤매지 않도록 이런저런 잡설을 늘어놓으니 참고하시도록.

첫째, 돈 문제. 주위에서 냄새 맡고 이래저래 붙을 텐데, 어른들 얘기가 맞다. 결론은, 돈거래는 안 하는 게 서로 좋다. 물론 신뢰감으로 충만한 관계에선 아름답게 약속을 지키며 되갚는 경우도 있지. 근데 그 여파가 있다. 소중하다고 생각했던 인간관계가 뭔가 참 거시기 해진다. 어쩔 수 없이 돈을 빌려줘야 할 경우엔 안 받을 각오하고 자기가 감당할 수 있는 액수를 주는 게 맞다. 그 또한 인간관계에 미세한 균열이 생기는 건 어쩔 수 없음을 인정해야 한다. 재테크는 알아서 잘하시길. 선배랍시고 뭔가 대단한 비법을 가르쳐주면 참 좋으련만, 너도 알다시피 나도 역시 재테크는 젬병이라. 그래도 재테크 3원칙이 있긴 하다.

나의 재테크 3원칙은 돌아보지 마라, 비교하지 마라, 자신의 밸류를 높여라야. 쉽지? '그때 그 주식을 샀어야 했는데' '그때 그 아파트를 팔지 말았어야 했는데' '옆집 누구는 아파트가 몇 채라던데' 이런 거 돌아보지 말고 비교하지 말란 소리야. 그럴 시간에 차라리 드라마 한 편 더 대박 터뜨려 스타 PD 입지를 굳건히 하는 게 재테크에 훨씬 도움이 된다. 예전 SBS 시절 모 PD가 이런 명언을 날렸지. "우리 방에서 재테크로 성공한 사람치고 연출로 성공한 사람은 없는 거 아시죠?"

둘째, 대인 관계. 프리랜서가 되면 좋은 점. 보기 싫은 사람 안 봐도 되는 게 제일 속 시원하더라. 그 XXX는 아직도 잘 있니?

조직을 나오면 새로운 사람을 많이 만나고, 생활 반경도 좀 넓어질 것이야. 인싸가 되기 위해선 여기저기 오지라퍼가 되어야 할 것 같은 조바심도 나고. 하지만 형의 경험상 그렇다고 너의 삶을 충만하게 해줄 사람은 사실 얼마 안 돼.

모 제작 PD가 그러더라고. "감독님들은 연출할 때 '감독님, 감독님' 하면서 여기저기서 모시지만, 막상 감독님 장례식 때 진심으로 슬퍼할 사람이 몇이나 있을까요?"

간단히 이거 하나만 명심하면 돼. '오늘 만나는 사람이 죽기 전에 열 번 이상 만날 사람이라면 더 많이 만나기 위해 노력하고, 열 번 이하로 만날 사람이라면 그 사람과의 만남을 줄여라.'

셋째, 작품 고를 때 주의할 점. 우리는 트렌드를 만드는 사람이지 트렌드를 좇는 사람이 아니라는 거야. 괜히 시청률 트렌드 이런 거 의식하면서 작품 고르는 것보다 네 심장을 몽글몽글하게 만드는 걸 우선으로 해. 결국 마음 가는 작품을 하라는 거지. 그러다 그게 시대의 날줄과 잘 맞으면 대박이 나는 거고, 아니면 관객의 외면을 받는 거지. 스필버그 형도 망하는 작품이 있더라고. 《이상한 변호사 우영우》가 대박 날 줄은 유인식 감독도 몰랐다잖아.

넷째, 이건 참 실천하긴 어렵지만 그래도 지향은 하자. 삶과 드

라마가 일치해야 한다. 감동적이고 의미 있는 드라마를 만든다면
서 정작 메이킹 과정이나 현실에서 우린 또 얼마나 연또(연출 또라
이)가 되곤 했는지.

드라마 PD들이 한때 그런 자조적인 농담을 하곤 했지. 우리는
끊임없이 관객들이 원하는 감동을 만들어내야만 하는 '감동 제조
공장에 종사하는 노동자'라고. 그러다보니 우리는 정작 감동이 무
언지 무감각해지는 그런 바보가 되어버렸다고. 그래도 우리가 최
소한 바보인 것을 자각하는 한 삶을 대하는 자세에도 긴장을 하지
않을까?

이제 막 정글로 나오겠다는 그대에게 애정 어린 조언을 했다고
뿌듯해하는 순간, 이효리의 국민대 졸업식 축사 동영상이 떴네. 나
의 썰은 그녀의 솔직한 이 한마디로 다 갈음된다.

"인생은 독고다이입니다. 웬만하면 아무도 믿지 마세요. 여러
분을 누구보다 아끼고 올바른 길로 인도하는 건 그 누구도 아
닌 여러분 자신입니다."

오롯이 나 자신에게만 작동하는
드라마의 의미란?

하지만 결국엔, 정현이 형에게

바쁘다는 핑계로 편지가 매번 늦네요, 형. 저는 잘 지내고 있습니다. 이제 팀이 준비됐고, 대본에 박차를 가하면서 한창 오디션까지 마무리 지은 타이밍이거든요. 근데요, 형. 어느 날 밤인가, 제 마음에 있는 작은 균열들을 느꼈어요. 동기인 태섭이가 저한테 그러더라고요.

"재현아, 넌 참 이야기를 좋아하는 거 같다."

새로운 이야기를 만나고, 그 이야기에 대해 이야기하는 것이, 또 그걸 집에 가서 정리하는 것이 제 삶에서 제일 기쁜 일이에요. 그러다 보니 연출보다는 작가처럼 생각할 때가 많고, 그게 왕왕 선을 넘는 것 같기도 합니다. 어쩌면 제 자아의 여러 혼재된 부분들이 아직 다듬어지지 않은 채 뒤섞여 있는 것 같다는 생각을 해요. 그게 제 안에서 여러 충돌을 만들고요.

그래서요, 형, 준비하던 드라마에서 빠지기로 했습니다. 캐스팅도 끝났고 배만 띄우면 되는 드라마에서 갑자기 감독이 하차하기로 한 게 뭐 그리 특별한 일은 아니겠지만… 사실은 특별한 일이기도 하죠. 그 결정 이후에 뭔가를 정리하느라 정신이 좀 없었습니다. 왜 이런 결정을 했는지 사람들은 이해하지 못할 거예요. 실은 어떻게 말해야 할지도 모르겠어요.

뭐랄까. 이 편지를 빌려 말씀드리면요, 저는 확실히 연출보다는 작가에 가까운 사람 같아요. 한 제작사 대표님이 집 앞에 오셔서 커피를 먹는데, 그런 말씀을 하시더라고요.

"감독님, 지금 한창 찍어야 할 때 아닐까요? 지금 감독님한텐 여러 제안이 있을 거고, 그게 감독님을 더 훌륭한 연출로 만들어줄 텐데요."

저는 말씀드렸어요.

"대표님, 정말 감사드려요. 하지만 올해는 잠시 멈추고 싶어요. 제가 제 안의 것들을 정리해야 할 거 같아요."

내 안의 것들이 뭘까, 곰곰이 생각했어요. 《천원짜리 변호사》를 끝내고 나서 원래 목표는 '내 글을 쓰자'였거든요. 간간이 발표했던 시들을 묶어서 시집을 내는 것. 그리고 그간 생각했던 이야기를 엮어서 소설을 쓰는 것. 그런 생각을 하고 있던 와중에 대본을 받았고, 고민하다가 준비하기로 마음을 먹었어요. 흔히, "물이 들어올 때 노를 저어라"라는 말씀들 하시잖아요. 《천원짜리 변호사》가 잘됐고, 어쩌다 보니 그 영광에 편승해서 제가 괜찮은 감독처럼 포장된 것 같더라고요. '물이 들어올 때 노를 젓는 일'을 해야 할 것 같았어요.

하지만 그 노를 젓다가 이건 아닌 것 같다는 생각이 들었어요. 제 안에 어떤 해소되지 않는 갈증들이 머물고 있더라고요. 그게 이야기에 대한 열망이든, 서른 중반을 넘어서 오는 삶의 방향성에 대한 고민이든…. 이런 상태로는 찍을 수가 없다는 걸 알게 됐어요.

얼마 전에 구현우라는 친구가 저희 집에 원고를 들고 찾아왔어요. 『버리기 전에 잃어버리는』이라는 제목의 시집 원고였어요. 현우가 말하더라고요. "형, 첫 번째 작품은 형이랑 같이 영화를 봤던 날에 대한 시야." 그 친구의 원고를 펼쳐놓고 같이 술을 마시며 시를 읽었어요. 진심으로 좋았던 것들과, 또 진심으로 별로인 것들에 대해서도 이야기를 했죠.

밤이 이슥했고 아파트 앞 도로가 고요해졌어요. 가끔 술 취한 사람들의 목소리가 드문드문 흘러 들어오고 있었고요. 이윽고 제 시를 펼쳐놓고 얘기하기 시작했죠. 그렇게 새벽이 한참 깊어졌는데, 현우가 저한테 그러더라고요.

"형, 형은 왜 시집을 안 내?"
"안 내는 게 아니라 못 내는 게 아닐까."
"형은 엮으려고 애쓴 적이 없잖아. 왜 안 내는 걸까 싶어, 나는."

곰곰이 생각해봤어요. 뭐랄까, 지난번 편지에서 무용함에 대해 이야기했잖아요. 돈이 안 되지만 하고 싶은, 해야만 하는 것들.

제가 SBS 들어와서 시를 7년이나 발표하지 않은 거 아세요? 친한 시인이 전화해서 저한테 "시 다시 써. 재현아, 다시 발표해" 하지 않았으면, 전 제 시 원고를 품고만 있었을 거 같아요. 뭐랄까, 간혹 어떤 기분에 시를 쓰고, 그걸 형이나 제가 아끼는 친구들한테 보여주는 것만으로도 제 시 쓰기가 가치 있는 일 같았거든요.

그 전까지 저는 시집이라는 걸 포기하고 있었던 거 같아요.《천원짜리 변호사》를 시작하기 전에, 정현우 시인의 추천으로『현대문학』에 시집 원고를 보낸 적이 있어요. 그러다가《천원짜리 변호사》를 준비했고, 유야무야 지나가버렸죠.

왜 그랬을까? 왜 그렇게 늘 시집 내는 일에 하염없이 소극적이었을까? '시집'이라는 이름으로 원고를 제대로 엮을 생각도 하지 않았을까? 2013년도에 시인으로 데뷔하고 나서 1년간 시를 발표할 때요, 저는 아주 절박했거든요. 등단하면 뭐가 달라질 줄 알았는데, 그런 건 아무것도 없더라고요. 저는 여전히 시를 쓰는 김재현에 불과했고, 인생은 여전히 밑바닥이었어요.

청탁이 올 때마다 이를 악물고 썼어요. 평론의 주목을 받으려고. 뭔가를 이뤄내려고. 그런 작업을 하는데, 허탈하더라고요. '나는 뭐지? 대체 뭘 한 거지?'

지난번 형한테 보내드렸던 시 있죠. 〈시라는 것은〉이라는 시요. 돌고 돌아와 보니, 시를 쓰는 것은 뭔가를 얻는 일이 아니라는 걸 알기까지 한참이 걸렸어요.

시집을 엮는 게 뭔가를 얻으려 하는 일 같아서, 저는 그간 시로 뭔가를 '한다'는 행위 자체를 거부하고 있었던 거 같아요.

그러니까 사실 하고팠던 말은… 이번 드라마에서 빠진 이유는요, 두 가지예요.

‘이젠 시집을 엮고 싶어’랑

‘오롯이 나 자신에게만 작동하는 드라마의 의미를 찾는 것’

그 의미라는 게 대체 뭐길래 그런 선택을 하느냐고요?

언젠가요 형, 친한 동생인 촬영감독이 현장에서 잘리고 괴로워

할 때, 그런 말을 해줬었어요.

“타인이 너를 함부로 평가하게 내버려두지 마. 그 평가 안에서

너 자신이 그런 사람인가 생각하지도 말고. 남의 말들 앞에서

너를 규정해버리면 넌 계속 괴로울 거야. 준아, 우리 일이 좀 운

동선수 같잖아. 그래, 네 말처럼 네가 재능이 없을 수도 있어.

가령 네가 죽어라 뛰어도 9초대로 진입이 안 되는 육상 선수라

고 해보자. 근데 9초를 달려야만 이 일을 할 수 있는 건 아니잖

아. 100명 중에 10등 안에 드는 게 목표여서 이 일을 하는 거 아

니잖아. 형이 시를 쓸 때 그랬다. 그냥 쓰는 게 재밌다가, 100명

중 50명 안에 들고, 30명 안에 들고… 근데 그게 막 미칠 듯이

좋은 거야. 그래서 그걸 위해 쓰기 시작했어. 그런데… 그러니

까 시가 너무 쓰기 싫더라고. 시 쓰는 일이 미친 듯이 괴롭더라

고.”

"준아, 나도 그걸 잘 못 해. 그래서 지랄 맞기도 하고, 예민하기 도해. 나도 너한테 상처를 준 적이 많지. 그래서 네가 상처 입은 모습을 보는 게 더 슬프다. 점점 더 나아지겠지. 그러니까 높은 곳에 올라가려 노력하지 말고 그냥 있자. 12초를 뛰었으면, 1년 후엔 11초를 뛰는 걸 목표로 하고, 그렇게 행복하게 일하려고 노력하자. 내가 딛고 있는 곳이 어딘지를 먼저 보고 나서, 그다 음에 올라가는 일 자체를 즐길 수 있도록. 그런 노력을 하면서 살자, 우리."

그 말을 저한테 다시 해주고 있어요, 형.
그래서 멈추어 서서, 돌아보려고요. 하지만 너무 많은 걱정과, 그 걱정 앞에서 치미는 불안에 흔들리기도 합니다.
속마음을 다 말할 수 있는 친구들과 같이 먼 여행이나 떠나고 싶어요.

그래도 되겠죠, 형.

그렇게 갈증이 나는 일은
결국 해봐야 하지

아득히 먼 곳의 재현에게

어디 먼 곳으로 훌훌 떠났는지. 그 어느 바람 센 곳을 홀로 정처 없이 걷고 있는 건 아닌지. 그러다 어느 허름한 술집에 들어가 소주와 함께 벅벅 머리를 긁고 있는 건 아닌지. 한 잔, 두 잔, 세 잔 마침내 속을 다 뒤집어놓는 건 아닌지. 시원하게 게우고 달빛을 보며 잊힌 옛사랑의 이름을 목놓아 부르고 있는 건 아닌지. 그대가 낡은 아스팔트도 아닌데 무슨 마음의 균열이 그리도 많은 건지. 그냥 생각 없이 좋은 거 하면서 살면 좋겠구먼. 그대는 어찌 그리 생각이 많은

지. 최영미 시인이 〈행복론〉에서 "특히 시는 절대로 읽지도 쓰지도 말 것"이라 그러더니… 업보구나, 업보야. 시를 좋아하고 시를 쓰게 된, 그리하여 시인이 된 너의 업보!

우울도 전염된다고 했던가. 이 편지를 쓰고 있는 나도 지금 강가의 길 잃은 아이가 돼버린 듯한 심정이다. 헛헛한 마음을 달랠 길 없어 한잔하려는데, SBS에서 《일요 스페셜》 다큐를 하네. 간만에 본방 사수해야겠다.

봤어? 봤어? SBS 다큐멘터리 〈학전, 그리고 뒷 것 김민기〉. 눈물이 메마른 줄 알았는데, 이제 그닥 감동받을 일도 없다고 생각했는데, 방송을 보는 동안 눈가가 촉촉해지더라고. 스크롤을 보니 내가 잘 아는 교양 PD 후배가 기획한 거였어. 고맙다고 톡을 남겼어. 좋은 프로그램 만들어주어서 고맙다고.

김민기는 어떻게 그럴 수가 있지? 내내 머릿속을 떠돌던 질문. 설경구, 황정민, 김윤석, 조승우, 장현성, 이정은, 김광석, 윤도현. 그 기라성 같은 아티스트들을 배출해놓고 어째서 단 한 번도 자신이 그들을 키웠다고 자랑을 안 할 수가 있지?

이한열 열사 운구를 모시던 시청 앞 광장에서 박근혜 탄핵 촛불 광장까지 그 100만 인파가 다 같이 부르던 〈아침이슬〉을 어떻게 "이제 이 노래는 내 노래가 아니구나"라며 밀어낼 수 있지? 세상에는 돈이 안 되지만 해야 하는 것들이 있다며 흥행이 잘되던 《지하철 1호선》을 과감히 접고 《고추장 떡볶이》 같은 아동극을 공연할 수 있지?

보통의 사람인 우리는 어떤 선택의 기로에 섰을 때 세 가지 관점에서 생각하잖아. 첫째, 이것이 나에게 득이 되느냐, 실이 되느냐 조금 더 솔직하게 얘기하면, 이 선택이 돈이 되느냐, 안 되느냐? 그러고 나서 조금 더 생각하는 사람은 이것이 도덕적으로 옳으냐, 그르냐를 판단하고. 그러고 나서도 정말 멋있는 사람은 이것이 미학적으로 혹은 휴머니즘적으로 아름답냐, 추하냐를 기준으로 판단하거든.

근데 김민기는 우리랑은 완전 반대인 것 같아. 미학적 관점에서 도덕적 관점으로, 그러고 나서 실용적 관점으로 사고하고 실천한 분인 듯해. 나는 가끔씩 노무현·봉준호와 동시대를 살았고, 또 살아가는 것에 대해 개인적인 영광이라고 생각했는데, 이제 그 리스트에 김민기를 얹어야겠다.

그대의 고민을 어렴풋이 알 것 같아. 이제야 비로소 시집을 내고 싶다고? 뭘 해야 하는 의무감이나 무엇을 꼭 이루고 싶다는 강박에서 벗어난 창작 행위는 아름답지. 그래, 시집은 내면 되지. 전에 MBC 스포츠 PD 하던 분이 시집을 낸 적이 있어. 복도에 은은히 퍼지는 어느 아주머니의 유행가를 따라서 자신도 모르게 발길을 향했더니, 남자 화장실. 거기서 청소하는 분의 노동요였다는 그런 시.

시란 참 오래가지. 이 시가 아직도 기억이 나네.

문제는 오롯이 나 자신에게만 작동하는 드라마의 의미를 찾는 것인데…. 직접 쓰거나 강력한 라포가 형성된 작가와의 사이에서나 그 비슷한 게 나올 텐데 말이야. 시 창작은 1인 행위가 가능하나, 드라마는 산업적 측면이 있어서 돈도 많이 들고 리스크도 크다는 게 문제일 거야.

정답은 없어. 그렇게 갈증이 나는 일은 결국 해봐야 하지. 인생의 두려움은 안 해봐서 생깁니다. 해보면 또 별것 아니거나, 혹은 너무 만만히 보았던 거대한 벽이었음을 깨닫게 되지. 내가 이렇게 걱정하는 소리도 결국은 꼰대 소리인 거고.

대신 내가 할 수 있는 일은 적당한 거리에서, 지켜보는 일일 듯. 술 먹고 싶다고 그러면 같이 술 먹고, 비가 온다 싶으면 같이 비 맞아주고. 음… 아니다. 비 맞는 건 힘들어 못 하겠고, 우산을 씌워줄 수는 있을 것 같다.

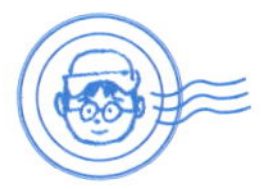

같이 꿈꾸는 사람만 남아
이곳에

정현이 형에게

전주에 있었습니다. 친구들이랑 영화제를 핑계 삼아 술을 먹으러 내려왔어요. 같이 밴드를 하는 오랜 글쟁이 친구들. 『헤드라이너』를 쓴 국영이랑은 벌써 20년이 다 됐더라고요. 지난번 편지에 언급했던 현우가 우리 밴드 베이시스트예요. 같이 기타를 맡고 있는 승용이는 안 지 고작 1년밖에 안 됐는데, 어쩜 이럴 수가 있을까 싶을 만큼 닮은 곳이 많습니다. 요즘은 이 친구들과 함께면 무슨 일이 있어도 즐겁지 않을까 싶어요.

술을 먹고 영화를 봤어요. 그리고 또 술을 먹었고요. 전두엽이 파삭파삭 망가지는 소리가 들리는데, 아무렴 어때요. 이런 날은 이 래야죠. 영화에 대해 이야기하고, 또 각자가 생각한 것들을 떠들면 서 짜릿하게 살아 있음을 느낍니다. 꿈꾸지 않으면 가끔 죽어 있는 것 같아요. 전주는 그런 의미에서 멈춰진 꿈의 공장을 다시 돌려주 는 연탄 창고 같기도 해요. 주유소 말고 연탄 창고요. 느낌 아시죠?

아, 형이 추천해주신 카페 '소설'이요, 거기 갔었어요. 주인장 누님께 인사를 드리면서 형 후배라고 했더니 아주 반갑게 맞아주 시더라고요. 노래 한 소절도 들었습니다. 제니스 조플린 같았어요. 거기 앉아 있는 아티스트들이 많더라고요. 동경하던 얼굴들 주변 을 맴돌면서, '난 뭘 해야 할까?' 그런 생각을 좀 했습니다.

영화는 세 편 정도가 좋았어요. 《사랑, 내 마음대로》라는 중국 영화랑 《통잠》이라는 독립 영화, 그리고 제주 4.3을 담아낸 다큐멘 터리 영화 《목소리들》.

《사랑, 내 마음대로》는 엉망진창인 집안에서 태어나 애정 결핍 으로 가득한 '치안'이라는 인물의 삶을 그린 이야기예요. 사랑받고 싶어서 몸부림치는 인생을 담담하게 그려가더라고요. 《목소리들》 은 4.3을 겪은 할머니들의 인터뷰를 담았어요. 언니와 함께 군인들 에게 끌려갔다가 홀로 돌아온 할머니 한 분이 계셨는데, 그분은 도 통 말이 없으셨어요. 마지막에 한마디를 툭 하셨는데, 치아를 달각이면서 떠시더라고요. 감독님들이 오셔서 "할머니들은 말하지 않으면서 말하고 계신 것 같았다. 우린 그 침묵을 들어야 했다"고 말씀하셨어요.

《통잠》은 아이를 가지고 싶어서 점점 광기가 커져가는 한 여자에 대한 이야기였어요. 그 옆을 담담히 지키는 남편이 있고요. 보는 내내 그녀는 어디까지 갈지, 남편은 언제까지 곁을 지킬지 궁금하더라고요. 영화를 보는 내내 이걸 쓰고 찍은 감독님의 생각이 궁금했어요. 어떤 마음으로 이걸 찍었을까? 자기 이야기일까? GV에서 감독님이 그러더라고요.

"집착에 대해 이야기하고 싶었던 거 같아요. 요즘 제가 그렇거든요. 되지 않는 어떤 일에 대한… 집착이요."

한동안 무언가를 열렬히 동경하는 사람에 대해, 혹은 무언가에서 간절히 벗어나고 싶은 사람에 대해 가끔 생각하곤 했어요. 사람을 괴롭히는 건 아주 갈구하는 것이나, 아주 벗어나고 싶은 감옥이구나. 어쩌면 인간(人間)이라는 한자의 '사이 간'은 얻고 싶다는 갈망과 벗어나고 싶다는 갈망 사이를 말하는 건지도 모르겠구나.

어렸을 때 우리는 무언가에 빠져들면 내내 거기에 매여 살잖아요. 《사랑, 내 마음대로》에서 치안이 정말 자신의 곁을 지켜주는 사랑을 갈구하듯이. 《통잠》에서 불임인 여주인공이 아이가 죽은 자신의 배에 귀를 기울이며 울 듯이. 4.3을 겪은 할머니들이 그 고통을 내면화하고 마음에 벽을 쌓아 올린 채 침묵으로 조용히 말씀하고 계시듯이.

승용이랑 그런 영화들을 내리 보고 전주를 한참 걸었어요. 5월인데도 여름 같은 빛이 떨어지고 있었어요.

"빛이 예쁘네."

"그래, 예쁘다."

"근데 이거 좀 위험한 거지?"

"그렇지 않을까? 이럴 계절이 아니잖아."

뭐 그런 이야기를 하면서 한참을 걸었어요. 그리고 맥주를 마셨습니다. 이제 남아서 살아갈 우리 자신에 대해 이야기를 했죠. 승용이는 요즘 자존감이 많이 낮아졌다고 하더라고요. 그리고 저에 대해 물었어요. 마찬가지라고 했죠.

승용인 제일기획 카피라이터로 일하는데, 드라마 PD가 되고 싶었대요. 전 제일기획 카피라이터로 지원했던 적이 있고요.

"우리 그냥 바꿀까?"

그런 이야기를 했어요. 그간 잘 살아왔다고 생각했는데, 이 나이면 비틀거리는 게 당연하겠지. 그리고 집착에 대해서, 동경에 대해서 이야기를 했어요. 승용이는 요즘 일주일에 두 곡씩 써요. 저는 일주일에 두세 편씩 시를 쓰고요. 본업보다는 그런 거에 꽂혀 있는 이유에 대해 떠들었어요.

"우리가 사실, 본업을 엉망으로 하는 까닭이 아닐까? 도망치는 건지도 몰라."

그러던 밤에요, 《통잠》 감독님을 만났어요. 술자리 어디선가 스쳤는데, 제가 용기 내서 말을 걸었어요. 김시은 배우한테 형 이름을 좀 팔았음다. 형 덕분에 이도진, 김솔혜 감독님이랑 그렇게 새벽까지 술을 마셨습니다. 뭐랄까? 이도진 감독님은 영민이 형을 보는 것 같았어요. 조용하고 묵묵하고 가느다란 느낌이지만 강하고 섬세했어요.

"영화가 참 좋았어요, 감독님. 그 현장이 어땠을지, 어떤 고민 속에서 찍어가셨을지, 제가 함부로 말할 수는 없지만, 그냥 관람하는 내내 어떤 디렉팅이 오가고 어떤 이야기들이 오갔을지가 느껴져서 참 뜨거워 보였어요."

그렇게 말하니까 감독님이 절 바라보면서 말씀하시더라고요.

"감독님, 감사해요. 사실 많이 힘들었어요. GV 때 중간에 나가는 분들도 계시고 그래서, 우리가 제대로 된 영화를 찍은 건가, 난 이제 어떻게 해야 하나, 그런 생각을 많이 했는데, 정말 많은 용기를 얻었어요."

취해서 비틀비틀 일어났는데, 옆 테이블에 계시던 분이 다가와서 저한테 말씀하시더라고요.

"저 《천원짜리 변호사》 엄청 재밌게 봤어요, 감독님. 시즌 2 내 주실 거죠? 간만에 정말 위트 있고 깊이도 있는 드라마를 봤거든요. 연출이 참 좋았어요, 감독님."

이상한 일이지 않아요, 형? 인생에서는 신기한 일들이 벌어진다는 게요. 아주 사소한 일로 절망에 빠지는 결정을 내리고 나면요. 다시 아주 사소한 일로 일어날 용기를 얻기도 해요. 예의상 한 말씀일 수도 있지만, 길거리에서 90도로 고개를 숙였어요.

가슴에 뭔가가 치밀었어요. 난 연출을 해나갈 수 있을까? 시를 계속 써나갈 수 있을까? 아니, 그게 뭐든 마음속에서 자꾸 들끓는 열망을 견디면서. 집착인지, 동경인지, 열망인지 모를. 이 괴로운 상태를 계속 유지하면서 언젠가 안정적인 불혹에 도달할 수 있을까?

사람들은요, 전부 밀푀유 같아요. 겉으로는 다 비슷비슷한데, 속을 열어보면 그 안에 천 겹의 사건들이 낱장으로 잔뜩 쌓여 있어요. 특히 동경하던 사람들, 그러니까 나랑은 다르다고 생각했던 사람들의 속 겹을 볼 때 그래요. 그 속 겹을 들춰서 거기 쓰인 문장을 읽을 때요. 여기 특별한 사람은 아무도 없고, 그저 같은 꿈을 꾸고 있구나. 그런 생각이 들어요. 혜경이 저한테 그러더라고요.

"재현, 난 가끔 꿈에서 그런 문장들을 누가 읽어주고 가거든. 근데 그게 우리가 만들 노래들의 제목으로 어떤가 싶어."

상암에 있는 혜경과 승용의 보금자리에서였어요. 둘이 키우는 강아지 똘멩이가 제 옆에 도도하게 앉아 있고, 맥주 여러 캔이랑 흘어진 시집들이랑 음악이 흐르고 있었어요. 《소라닌》이라는 일본 영화의 OST였죠. 혜경이 말했어요.

"〈같이 꿈꾸는 사람만 남아 이곳에〉 이 제목 어때?"

이번 편지는 여기서 그칠게요, 형. 보고싶어요.

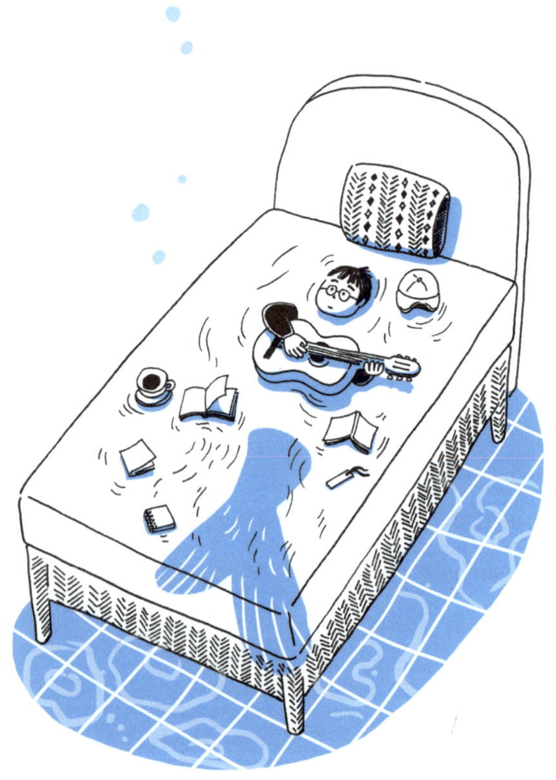

나를 지지해주는 사람이 있다는 건
고마운 일

슬픔이 너의 가슴에… 재현에게

전주영화제를 갔었구나. 영화를 빙자해서 술을 먹고 싶었단 얘기지? 카페 '소설'엘 갔다고? 원래는 인사동 골목 한 귀퉁이에 있던 노포(老鋪)였지. 드라마 《나의 아저씨》에 나오는 정희네 카페의 실제 모델이었어. 작가님도 거기 단골이었거든. 얼마나 그 공간을 좋아하셨냐면, '소설' 사장님 성함이 염기정이거든.

그의 후속작 《나의 해방일지》 큰언니 이엘 배우의 배역명이 염기정이었어. 가문의 영광이라고 사장님한테 너스레 떨었던 기억이

나네.

그런 곳들이 있지. 늘 나를 반겨주는 오래된 그루터기 같은 카페들. 광화문에는 '다락', 신촌에는 '비틀즈', 홍대에는 '스튜디오 써니마즈', 연희동에는 '38애비뉴'. 사장님들의 고민은 한결같아.

"이제 단골들이 나이 들어서 술을 많이 못 먹어…"

그러던 차에 너처럼 간(肝)이 싱싱한 친구가 갔으니 얼마나 좋았겠어.

그래도 마음이 너무 잘 맞는 친구들하고 있다니 다행이다. 인간관계도 유통기한이 있어서 시간이 지나면 자연스럽게 정리되기도 하지만, 가끔은 그런 걸 뛰어넘는 사람들이 있지. 세파에 하늘하늘 흔들릴 때마다 언제나 정서적 버팀목이 되어주는 친구들. 나에게도 그런 친구들이 있지. 비밀결사 '신사의 충격'. 이름 거하지? 무슨 독립운동하는 것 같잖아. 고심 끝에 내린 각자의 선택을 응원해주고, '잣'같은 놈들 있으면 같이 욕해주고, 놀고 싶을 때 같이 놀아주는 그런 친구. '비밀결사'란 말은 소설가 성석제의 문구에서 따왔어.

언제든, 어디서든 나를 지지해주는 사람이 있다는 건 고마운 일인 거지. 하지만 본캐와 부캐를 혼동하지 말 것. 어떻게 아냐고? 간단한 방법이 있지. '누구한테 더 돈을 많이 받냐? 너한테 일용할

양식을 주시는 분이 누구냐?' 이것만 생각하면 돼.

《통잠》 감독님은 좋았겠다. 너에게 칭찬 들어서. 보통 업계 선수들이 드라마를 까칠하게 평가하거든. 퀄리티가 떨어지는 건 못 만들었다고 욕하고, 반응이 좋은 건 질투 나서 안 보는 거랑 비슷한 맥락이지.

그리고 너도 좋았겠다. 네 드라마를 애정하는 시청자 한 분을 직접 만나서 칭찬도 들었다니 말이야. 방송 나갈 때 연출, 조연출 모여서 보통 댓글을 보잖아. 시청자 반응을 확인하고 온도도 느낄 겸. 그런데 꼭 이런 댓글이 나오지.

"연출 누구임? 넘 올드함" "개유치" "명드가 될 수 있었는데 연출이 후져서 망작이 되네" 등등. 이럴 땐 우리도 사람인지라 깊은 빡침이 오지만 애써 작은 심호흡으로 마음을 다스리곤 하지. 그러다 또 다른 댓글을 발견해. "이런 감동적인 드라마 만들어주셔서 감사합니다." 앞선 빡침은 봄눈 녹듯 사라지고, 오래오래 눈길이 머물고, 마음속으로 공감 이모티콘을 막막 찍곤 하지. 특히 오프라인에서 우연히 내 드라마의 팬을 만나면 그 반가움은 배가돼.

인사동 '소설'에서 나도 비슷한 경험을 했어. 계산하려는데 저쪽 테이블에서 한 분이 쭈뼛쭈뼛 다가오는 거야. 그러곤 90도 폴더 더 인사를 하더라고. 《화양연화》 너무 잘 봤다고. 감사하다고.

나는 리액션 어떻게 했냐고? 왠지 다큐로 받으면 안 될 것 같아서 "아… 예, 감사합니다. 우리 드라마는 지성인들이 좋아하셔요. 지성이 그냥 온몸에 철철 흐르시네. 감사합니다, 네네" 그랬지.

이 맛에 하는 거지 뭐. 특강 나가서 가끔 그래. 나는 드라마 PD가 좋다고. 잘하는지는 모르겠지만 좋아하는 일로 먹고살아 행복하다고.

같이 꿈을 꾸자고? 그래, 그대가 원한다면 같이 꿈꾸는 거 좋지. 그래서 형도 드디어 밴드를 시작했어. 이런 액션도 꿈꾸는 행위 카테고리에 들어가는 거지?

《선재 업고 튀어》 공동 연출한 김태엽 감독이 보컬.《반짝이는 워터멜론》 홍승현, 안소영 음악감독님 두 분이 드럼과 베이스. 기타 솔로 가능한 객원 기타리스트 한 분. 나는 뭐 하냐고? 세컨드 리듬 기타부터 해야지. 기타 좀 쳐봤다고 잘난 척했는데, 일렉은 완전 리그가 다르네. 우습게 알았던 파워 코드 박자감 맞추기도 쉽지 않아. 역시 세상에 그냥 되는 건 없다. 밴드가 이렇게 스트레스 줄 줄 알았으면 시작 안 했을 텐데 꿈을 꾸자는 네 얘기를 듣고 다시 열심히 해보기로 했어.

무언가를 배울 때, 그걸로 먹고살 작정이 아니면 배워서 할 수 있는 정도만 해도 된대. 배운다고 무조건 잘해야 한다거나 완전히 정복해야 하는 것은 아니라는 거지. 그저 너랑 같이 꿈꾸기 위해서 한다고 생각하니 마음이 편해지네.

그나저나 나는 말로만 "힘내" "언제 밥 한번 먹자" 이런 얘기 제일 싫어하는데, 편지 말미에 자꾸 보고 싶다고만 하지 말고 장기하 노래처럼 '우리 지금 만나, 당장 만나' 하시죠.

현실과 낭만 사이의
균형감을 찾는 중

다시 서울로 돌아와, 정현이 형에게

전주에서 돌아왔습니다, 형. 위태롭다는 말이 비수처럼 날아와 꽂혔어요. 위태롭다. 맞아요. 제가 생각해도 요즘 저는 좀 위태로운 것 같기는 해요. 어쩌면요, 저뿐만 아니라 모두가 마찬가진 것 같아요.

동기들이랑 자주 이야기하는데, 드라마 시장이 급격히 위축되면서 다들 강한 불안을 느끼더라고요. 우리가 연출로서 계속 존속할 수 있을지, 또 작품을 해나갈 수 있을지. 업계의 위기감이 생기면서 다들 다른 무언가를 해야 하지 않나 생각하는 것 같아요.

‘다들’이라고 한 건… 그러니까 지금 제가 하는 밴드 멤버들요. 승용이뿐만이 아니에요, 형. 구현우는 시인이면서 SM이랑 하이브를 왔다 갔다 하며 아이돌들의 노래를 작사하는 친굽니다. 최근엔 ‘인피니트’ 것을 했더라고요. 국영이는 얼마 전까지 웹툰 기획 PD로 일했어요. 소설집을 두 권이나 쓰면서도 말이에요. 승용이는 카피라이터면서 에세이스트기도 하고, 혜경도 마찬가지예요. ‘아무튼’ 시리즈 아세요? 거기서 『아무튼 술집』이라는 책을 썼어요. 둘은 ‘시시알콜’이라는 팟캐스트도 하고, 유희경 시인이 운영하는 ‘위트 앤시니컬’에서 북 토크 같은 행사도 열곤 해요. 정현우라는 시인이 있는데, 그 인간은 가수기도 합니다. 지난번 임형주 씨 앨범 대표곡 가사가 그 형의 두 번째 시집에 실린 시였어요.

가끔 모여서 그런 이야기를 합니다. 우린 왜 이것저것 다 할까? 이쯤 되면 뭐 거의 ADHD 공동체 아닌가? 뭐 하나 잘난 거 없어서 이것저것 다 잘해보자, 그런 건가? 그런 거 아닐까? 먹고살아야 하니까. 그게 아니라면 현실감 떨어지는 유아기적 정신연령이 아등바등하다 보니까 여기까지 온 거 아닐까?

형의 ‘신사의 충격’이 그러하듯이, 어떤 연대들이 있어요. 다들 적당히 고장 났고, 적당히 자기 것을 찾고, 적당히 살아가는 사람들이거든요. 뭔가 열심히 하기보다, 뭔가 재밌게 하기를 좋아하고. 사실 돈 없으면 많이 힘들긴 한데, 그걸 모르는 건 아니거든요. 다만 현실과 낭만 사이의 균형감을 찾는 중이 아닐까 싶어요.

저는 형들의 염려가 좋아요. 전주에서 경수 형이 그런 얘기를 하더라고요.

"재현아, 너 그러다 굶어 죽어. 굶어 죽는다고!"

인식이 형도 걱정이 많죠. 왜 걱정하시는지도 알고. 하지만 문제를 아는 거랑 문제를 이겨내는 거는 조금 다른 것 같아요.

얼마 전에 그런 다큐멘터리를 봤어요. 전 세계적으로 흔히 말하는 '히키코모리'가 늘고 있대요. 그들을 분석해보니 완벽주의가 심하고, 실패를 두려워하는 경향이 있다고 하더라고요. 그걸 보면서 일견 '내 얘기 같은데?' 했던 게 있어요.

드라마에서 왜 빠졌는지 사람들이 묻더라고요. 《천원짜리 변호사》를 겪으면서 저한테 그런 트라우마가 생겼어요. '나가기 전에 완벽하게 준비해야 한다. 같은 실수를 반복하면 안 된다.' 이게 절대 답이 아니란 걸 알면서도 방어기제처럼 올라오는 게 있더라고요. 저도 그걸 그때 인지했어요. 무섭더라고요, 형. 실패하면 모든 게 끝장날 것 같다는 압박감, 두려움. 연출만 생각하고 싶은데 신과 신이 숫자로 보이기 시작하고. '이게 얼마, 저게 얼마… 아, 이 예산에 찍을 수 있을까?' 생각이 많아지는 거죠.

작가님의 세계를 이해하지 못했던 게 아니에요. 이해할 수 있었죠. 다만 따라갈 수 없다는 느낌이 들었어요. 연출로서 작동해야 하는 회로가 있는데, 그게 다른 여러 요소 때문에 접합 불량이 난 상태였거든요. 생각이 많았던 거죠.

생각이라는 것이 그렇잖아요. 생각은 대부분 긍정적으로 작동하지 않아요. 불안으로부터 비롯될 때가 많죠. 이런 일이 발생하면 어떡하지? 혹은 이런 일은? 그럼 이렇게 하자. 이런저런 방법을 찾아 대비하자.

왜 이렇게 됐을까, 저 스스로 분석해볼 때가 있어요. 형 말씀처럼 저 같은 극단적인 P조차도 J로 만드는 게 이 일이잖아요. 그리고 그때의 뇌 회로는 대부분 '발생 가능한 문제'를 예방하기 위한 쪽으로 움직여요. 특히 조감독 때, '비가 오면 어떡하지? 사람이 많으면 어떡하지? 비가 오면 야외에서 세트로 돌리거나, 급하게 실내로 돌려서 찍을 수 있는 방법을 강구해놓자. 사람이 몰리면 루트를 바꿔서… 그렇게 A안, B안, C안을 만들면서 촬영에 문제가 생기지 않도록 예비하면서 훈련을 받아온 것 같더라고요. 그렇게 지나친 완벽주의가 생겨나고, 결국 끝없는 질문으로부터 스스로를 무너뜨리게 되죠.

창의성, 상상력, 기발함… 이런 것보다는 문제를 방지하는 방식으로 말이죠. 어쩌면 뇌가 보수적으로 변한 건지도 모르겠어요. 우리는 종종 모여 그런 이야기를 나누곤 해요. 불안이란 뭘까? 불안은 우리 안에서 어떻게 작동하는 걸까? 생각해보면 우리는 선택의 순간마다 '불안을 막기 위한 목적'으로 결정하는 것 아닐까?

이걸 좀 깨봐야겠구나 생각했어요. 준비하던 드라마에서 빠져나온 게 좋은 계기였던 것 같고요. 전주를 다녀와서 에너지를 충전하고 삶 전체를 긍정적인 쪽으로 틀어야겠구나 하는 생각이 강하게 들었습니다. 하지만 아직 방법은 잘 모르겠어요.

이런 적 없나요? 연출이 지닌 결정의 무게. 때때로 실수와 문제를 만들기도 하는 그 결정의 연속들 속에서 가끔 책임감에 짓눌릴 때는 없나요? 도망치고 싶다거나, 도무지 해나갈 수 없을 것 같다거나, 가끔 심해어가 된 것 같은 기분을 느껴요. 심해에서 혼자 수압을 견뎌내느라 눈도, 귀도 다 퇴화해버리고 살덩이만 남은 채 꾸물거리는 심해어요. 항상 그렇다는 건 아니고. 이제 다시 수면으로 튀어오르는 시기겠구나 하는 생각도 들고요. 뭐랄까? 삶이 이런 거대한 출렁거림 속에 있는 게 맞나, 그런 생각이 간혹 들고요. 좀 더 직관적이고 가볍게 생각하며 멈춰 있기보다 행동하면서 해결해가고 싶은데. 이런 흔들림 사이에서 형의 조언이 지금 절실히 필요합니다. 현실적으로 도움이 되는 좋은 방법 없을까요?

연출이 지닌 결정의 무게

새날이 올 거야, 재현

현실과 낭만 사이에서 균형감을 찾고 있다고? 내가 볼 땐 말이야, 그런 말 하는 것 자체가 이미 현실감각이 제로라는 얘기야! 이런 현실감각 없는 감독이라니. 어떤 분이 그러더라고. 자기는 MBTI가 E인지 I인지 한 번도 고민을 해본 적이 없다고. 그래서 그랬어. 그런 말하는 것 자체가 극E라서 그런 거라고.

연출이 지닌 결정의 무게로 짓눌렸던 적이 왜 없겠어. 누구에게나 처음이라는 흑역사가 있는 법이지. 처음부터 잘하면 그게 사람이니?

첫 촬영 때였어. 카메라는 힘차게 돌았고, 긴장 속에 모니터를 보고 있는데, 순간 얼음. 정적. 스태프와 배우들 다 멀뚱멀뚱 나만 쳐다보고 있더라고. 내가 큐를 힘껏 외쳤어야 하는데, 그 타이밍을 놓쳤던 거지. 이제는 너무 오래돼서 흐릿해진 쪽팔림의 기억이지.

며칠 전《반짝이는 워터멜론》연출부를 만나서 간만에 수다를 떠는데, 씩씩한 예진이가 그러는 거야. 자기는 처음에 현장의 눈빛들이 너무나 무서웠대. 배우, 스태프, 그 많은 사람이 컷을 외칠 때마다 모두가 감독을 쳐다봤다는 거지. 이게 오케이 컷인지, 엔지(NG)컷인지, 킵(keep) 컷인지, 다음 컷은 뭘 어떻게 하자는 건지. 그 침묵의 사이에 감독은 한 치의 주저함 없이 결정을 내려야 하거든. 정 모르겠으면 고뇌하는 척하면서 "한 번 더 가시죠" 하는 멘트라도 날려야 현장의 멀뚱멀뚱함을 돌파할 수가 있지.

《선재 업고 튀어》김태엽 감독이 장소 헌팅을 갔는데, 자기도 잘 모르겠더라는 거야. 이걸 어째야 하나 고민하는 척하며 왔다 갔다 하다가 뒤를 돌아봤는데, 순간 감독의 결정을 기다리는 40개의 눈동자 레이저 불빛에 그만 주저앉고 싶었다는 일화도 있지.

드라마《상속자들》메인 카피 기억나? "왕관을 쓴 자. 그 무게를 견뎌라" 그 비슷한 거지. 연출은 어쨌거나 무수히 많은 결정을 내리고, 그에 상응하는 책임을 져야 하니까. 그래서 가끔 세상에

나 혼자인 것 같은 외로움을 타기도 하지만. 근데 그냥 디폴트값이라 생각하면 덜 외로워.

불교에서도 인생은 괴로움이고, 기독교에서도 인생은 고난이라 했잖아. 니체도 그랬고, 쇼펜하우어도 그랬어. 그냥 인생 자체가 괴롭고, 외롭고 그래. 어느 순간 깨닫는 거지. 외로움은 인생의 기본 질료구나.

음… 실질적인 팁을 원한다고? 정 그렇다면 무협지의 고수처럼 비장의 무기를 꺼낼 수밖에.

그렇게 연출에 대한 자신감이 떨어지고 현장이 두려울 땐 다음 세 가지 비법을 하나씩 해보는 거야. 첫 번째, 코인 노래방을 가는 거야. 500원 동전을 다 투입해. 목이 쉴 정도로 샤우팅을 하는 거야. 너의 레퍼토리를 다 불러봐. 학창 시절과 옛사랑과 부모님을 그리워하며. 그리고 코인이 달랑 하나 남았을 때, 마지막으로 꼭 이 노래를 불러. 강산에의 〈넌 할 수 있어〉. 여기서 가사의 '너'를 '나'로 바꿔봐. '나'라면 할 수 있을 거야. 할 수가 있어. 그게 바로 '나'야. 굴하지 않는 보석 같은 마음 있으니.

두 번째 비법은 한강 고수부지를 밤에 혼자서 가는 거야. 널 괴롭혔던 연출들을 떠올리는 거야. 너로 하여금 사표를 내게 만들었던, 그 XXX들을 말이야. 사이드 메뉴로 현장에서 널 괴롭혔던 배우들을 떠올리면 금상첨화. 암튼 눈 딱 감고 외치는 거지.

"이 시박쉐이들아! 내가 니들보다 못한 게 뭐가 있냐? 보란 듯이 연출로 성공해서 잘 먹고 잘 살고 말 거다. 이 니주구리 시파파 시베리안 허스키 같은 놈들아!"

단, 지나가던 지인의 눈에 띄는 순간, "김재현 감독이 상태가 안 좋아" 등등 흉흉한 소문이 떠돌 수 있다는 점을 알고 있을 것.

세 번째 비법은 네가 연출한 작품들을 '다시 보기'로 보는 거야. 맨정신에는 결점이 자꾸 도드라져 보이니까 약간의 알코올을 같이 준비해서. 그러면서 주문을 외우는 거야.

'죽이는데? 연출 잘했네. 내가 찍은 거 맞아? 아니, 내가 어떻게 저걸 연출했지? 천재네, 천재야.'

가끔 대책 없는 자뻑이 실의의 구렁텅이에 빠졌을 땐 구원이 되기도 해. 물론 이것 역시 혼자 있을 때 하는 걸 권해.

자, 고수의 비법을 전수해줬으니 이제 그만 하산해. 가수 하림이 그랬어. "사랑이 다른 사랑으로 잊혀지네"라고. 작품은 작품으로 잊어야 하는 거야. 얼른 새 작품을 찾기를 바라.

"걱정하지 말고 설레어라."

부산에 있는 '모티' 라는 바에 이런 글귀가 걸려 있대. 막 설레지 않니? 김혜경 작가의 『아무튼 술집』에 나오는 구절이야. 살살 술이 그리워지네. 그대가 원한다면 기꺼이 이 한 몸 던질 각오가 되어 있음. 그날은 마음껏 설레고 싶다.

비법

연출에 대한 자신감이 떨어지고 현장이 두려울 땐
다음 비법을 하나씩 해보자.

"자, 갈게요.
하나, 둘, 레디~ 리액션!"

먼 나날이 지나서야, 정현이 형에게

지난 편지를 주고받고 몇 개월이 훌쩍 흘렀습니다. 그간 꽤나 많이 읽고 쓰면서 지냈어요. 다른 글은 쓰면서도 이 편지만은 쓰지 못했던 까닭은요, 서간문이라는 것이 쓰는 이와 받는 이가 특정지어져서 제 마음이 정리되지 않은 상태에서 무슨 말을 해야 할지 잘 모르겠더라고요. 그럴 땐 차라리 독백이 편해서 혼자 시나 에세이 같은 걸 많이 썼습니다. 그렇게 몇 개월을 보내고 나니까 이제야 마음이 조금씩 정리되어가는 것 같아요.

형의 지난 편지를 받고 많이 킥킥거렸습니다. 형은 어찌나 경쾌하게 걸어가시는지. 축축 처지는 제 발걸음을 보고 있으면 난 왜 이렇게 우울하고 슬픈지 싶을 때가 많아요.

형의 글은 사람을 가볍게 만드는 힘이 커요. 그게 좋아요. 그래서 밤의 한강 고수부지에 혼자 가서, "야이, 씨박쉐이들아!"도 외쳐봤고요.

맥주 먹고 묵혀뒀던 《천원짜리 변호사》를 보면서, "오! 잘 찍었네"도 해봤습니다. 아니, 진짜 도움이 되더라고요. 그러면서 읽고, 쓰고, 자존감을 회복했어요. '그래, 나에겐 나의 방식과 길이 있다!' 그런 마음가짐으로 제 코에 쇠사슬을 뚫어 걸고는 질질 저를 끌고 갔더랬죠.

그러다 보니 또 다른 대본이 다가오더라고요. "오! 제목이 뭐야?" 하고 즐거워하는 형의 얼굴이 보이는 것 같네요. 네, 지금부터 제목을 말씀드릴 건데, 웃지 마세요.

제목이 무려 《키스는 괜히 해서!》입니다. 《키스는 괜히 해서!》라니. 《키스 먼저 할까요?》 다음에 《키스는 괜히 해서!》

그거 아시죠? 제가 제대로 된 연출 행위를 처음 해본 게 《키스 먼저 할까요?》인 거? 그 바람에 인생이 여기까지 왔단 말입니다.

고작 3년 차인 제가 '연출이란 뭔가?' '연출을 해야 하나?' '그냥 돌아가서 시나 쓰고 알바나 하면서 살까?' 그러던 와중에 형이 그랬죠. "야, 네가 B팀 찍어라. 일단 찍어. 그냥 먼저 찍어보면 돼." 그게 제 인생의 '연출 먼저 할까요' 였는데. '연출을 계속해야 하나?' '아 내가 연출이란 걸 할 수는 있나?' 그러는 와중에 '연출은 괜히 해서!' 가 와버렸지 뭡니까?

그리고 웃기게도요, 《키스 먼저 할까요?》가 '좀 살아본 사람들의 서투른 사랑 이야기'였다면, 《키스는 괜히 해서!》는 '아직 덜 살아본 사람들의 서투른 사랑 이야기'예요. 발랄하고 유쾌한 로맨틱 코미딘데, 동시에 짠하고 쓸쓸한 젊은이들의 이야기가 숨어 있어요. 그게 정말 좋더라고요.

찍어보고 싶다. 찍고 싶어. 어떻게 사람들을 웃길지, 그러면서도 또 울릴지. 그걸 현장에서 배우, 스태프들과 함께 논의해가는 그 치열한 과정이 정말 그리워지더라고요.

대본을 받고 이제 두 달 정도가 흘러가고 있습니다. 그사이 당연하게도 많은 배우한테 거절당했고요. 아침이면 일어나 작가님이랑 "굿모닝!" 하고, 인물에 대한 이야기를 나누죠. 그런 다음 수정고를 받아 읽으며 "햐, 좋다." 하고. 또 제 앞에 펼쳐진 드라마의 길에 설레고 있는 저를 보면서요, 김혜경 작가의 "걱정하지 말고 설레어라" 그 말을 떠올렸습니다.

하지만 김혜경 작가는 절대 그렇게 말하진 않을 거예요. 씩 웃으면서 "아이고~ 김재현~ 걱정을 해서 걱정이 없어지면 참말 좋겠네~ 술이나 마셔라아~ 인간아!” 하면서 싱글거리겠죠. 아, 김혜경! 그녀는 정말이지 그런 캐릭터입니다.

술 먹으면 집에 안 보내려고 사람 복장을 뒤집어놓는 그 교묘한 화술만 빼면, 술 먹고 길바닥에 널브러지는 그 당당한 술버릇만 빼면, 그녀의 남편 승용이 전전긍긍하는 그 극도의 F와 P 성향을 빼면, 참 멋진 여잡니다. 나중에 같이 술 먹어요, 형. 아마 쉽지 않으실 겁니다.

암튼 형, 이제 저는 물음표의 시간에서 느낌표의 시간으로 진입하는 중입니다. ‘연출 먼저 할까요?’에서, ‘연출은 괜히 해서!’로요.

형 말처럼 고통과 외로움이 인생의 디폴트라는 걸 희미하게 깨달아가고 있어요. 요즘은 그저 그걸 어떻게 견뎌야 잘 살 수 있나, 이런 생각을 하거든요. 근데 ‘계획을 세우기보다 그냥 해버리자’ 이쪽으로 가더라고요.

여행을 가고프면 여행을 가고, 쓰고프면 쓰고, 놀고프면 놀고. 그렇게 일단 뭐든 하는 사람이 되어가고 있습니다. 이걸 연출에도 적용해 보려고요. 사전에 치밀하게 계획을 세우고 어떻게 찍을지, 뭘 찍을지… 또 수많은 변수를 다 떠올리면서 미리 예방책까지 고려하는 걸 사람이 어떻게 하겠어요? 아, 제가 《천원짜리 변호사》를 그렇게 하려다 고통을 받았더랬죠.

거기서 얻은 교훈.

'앞으로는 그냥, 그때 그때 잘하자.'

그게 정신 건강과 행복한 삶에도 도움이 되는 것 같아요. 낙엽은 소리도 없이 떨어져선 배수로를 막을 만큼 수북하게 쌓이잖아요. 인간의 삶에서 상처는 그렇게 누적되는 게 아닌가 싶어요. 그걸 제때 해결하지 못하고 상처가 곪을 때까지 두면 거기서 겁, 두려움, 패배감 같은 고름이 마구 흘러나와요.

자기가 왜 아픈지도 모르면서, 어느 날 갑자기 아무것도 하지 못하는 사람이 되어버리는 거죠. 아프면 아프다고 말하고, 모르겠으면 모르겠다고 말하고, 싫으면 싫다고 말하는 것. 그것도 그때 그때 해야 깊은 병으로 가지 않는 거 같더라고요.

이 편지를 시작하기 몇십 분 전, 헤이리 카페에 앉아 조혜은 시인의 『신부 수첩』을 읽었어요. 사람이 어쩜 이렇게 기구할까 싶을 만큼 슬픈 시집이었는데, 김행숙 시인이 쓴 작품론을 읽으면서 잠시 눈가에 우물이 깊어지더라고요.

"희망을 버리고서도, 조혜은은 이 세계의 불행을 향해 시선을 거둔 적이 없었고 그 시선의 온기를 잃은 적이 없었다. 목욕탕 봉사를 다니던 시절의 그녀를 나는 기억한다. 그 당시에도 혜은은 누구보다 먹고살기에 바빴고 고달팠으므로, 내겐 그녀의 행동이 무리스럽게 느껴졌다. 나는 그녀의 마음을 잘 헤아리지 못했던 것이다"

글을 마음의 창이라고 하잖아요. 연이어 마음을 방이라고 불러본다면, 어떤 방들은 지하에 있기도 할 테고요. 그런 마음을 위해선 창을 열어 종종 환기를 시켜줘야 해요. 아니면 마음에 곰팡이가 피겠지요.

형이랑은 참 많은 이야기와 글을 나눴죠. 형이 책을 주기도 하고, 제가 책을 갖다드리기도 하고. 회사 선배이자 연출 선배지만 그보다 저는 형을 문우라고 생각해왔던 거 같아요.

문우. 글 친구. "그래서 글 친구란 뭔데?" 하고 물을 것 같아서 답을 드려요. 곰팡내로 가득한 마음을 글로 열어젖히면, 그 방으로 불어오는 시원한 바람 같은 존재. 어설프고 치기 어리고 자의식이라는 습기로 곰팡이가 피어가는 방 안을 가만히 말려주는 사람. 걱정스러운 눈빛으로 내 애길 오래 들어주는 사람.

선배 연출자와 후배 연출자의 대담을 생각하며 제안했던 이 글쓰기가 엉망이 된 것 같아 죄송한 마음이 좀 들긴 하네요. 근데 아시잖아요, 제가 누구한테 조언 같은 걸 하기엔 한참 미숙한 캐릭터라는걸요. 그저 고민의 궤적을 형에게 보내고, 형의 답변을 들으면서 느낀 게 하나 있습니다. 그 애기로 마무리를 지어볼게요.

"응, 그래."

"그랬니?"

"그랬구나."

"어이구야."

"이야, 멋지다. 역시."

"김재현, 포에버! 어머니, 아들 참 잘 낳으셨어요!"

형이 저한테 가장 많이 들려줬던 건요, 통찰력 있는 문장도, 삶의 긴장감을 주는 조언도 아니었어요. 감탄사였지. 그리고 말씀하셨죠.

"재현아, 인생은 리액션이다."

리액션이란 뭘까 자문해본 적이 있어요. 사람들의 말을 들어주는 것. 그냥 들어주는 거 말고, 진심으로 듣고 공감하는 것. 그의 삶을 이해하며, 그의 마음이 움직여가는 궤적에 가만히 동승하는 것.

그가 울 준비가 되면 머리를 끄덕이면서 "큐!" 하고, 그가 마음을 다 쏟아내고 나면 "오케이! 넌 정말 훌륭해!" 하는 것.

"인생은 리액션이므로 연기는 리액션이고, 그래서 연출은 리액션이다. 따라서 드라마도 리액션이다.”

상대와 세상을 이해하려는 태도. 저한테 그게 부족했음을 돌아봅니다. 부족한 걸 알았으니 앞으로 조금씩 나아질 수 있겠지요. 그렇게 휘어져 있는 제 물음표를 펴보려고요. 그러다 보면, '?'가 조금씩 '!'로 일어설 수 있겠죠.

액션이 아니라, 리액션을 갖춰볼게요. 이 편지를 주고받으면서 현장 나가기 전, 연봉에서 제가 외칠 말을 얻었어요.

“자, 갈게요. 하나, 둘, 레디~ 리액션!”

자, 갈게요. 레디~ 액션!

완벽하게 하려하지 말고
현재를 살아라!

산 위에 한 아이 우뚝 서 있네, 재현에게

슬프다. 그리고 슬프다. 인생이 다시 슬퍼졌어. 그래서 술 먹고 싶어. 외로움이 인생의 기본 질료라고 그대에게 멋있게 얘기했건만 정작 내 일로 닥치면 또 다른 문제지. 치병(治病)과 환후(患候)는 각각 따로라고 허수경 시인이 그랬던가? 뭐가 그리 슬프냐고?

첫 번째, 오승환이 슬프다. 그래, 삼성라이온즈 마무리 투수 오승환 선수. 돌직구의 사나이. 한·미·일 통산 549세이브의 대기록.

KBO 최고령 세이브 기록을 갖고 있는 전설의 사나이. 그가 요즘 맞기 시작한다. 블론 세이브가 늘어나는 거지. 전성기 시절 그가 등판하면 다른 팀 팬들이 TV를 껐어. "또 졌구나. 오승환 돌직구를 어떻게 치니?" 투덜대면서.

그런데 이제는 그가 등판하면 우리 팀 팬들이 TV를 꺼. "심장 쫄려서 못 보겠어" "이러다 또 뒤집히는 거 아냐?" "그깟 공놀이에 이렇게 스트레스받으면서 야구 보고 싶지 않아" 하면서.

흐르는 세월을 거스를 수 없는가? 그에게도 에이징 커브(Aging Curve)[3]가 오는 걸까?[4] 그가 마치 나처럼 느껴져서 맘이 아프다. 나의 연출도 언젠가는 올드해지면서 사람들이 찾지 않을 날이 오겠지? 아니, 이미 시작된 건가?

두 번째, 김민기 님이 돌아가셨어. 그를 실물로 본 건 딱 두 번. 것두 먼발치서. 대학로 허름한 냉면집에서 소주를 혼자 드시던 모습. 《서른 즈음에》 뮤지컬 공연할 때, 문대현 선배가 모시고 가던 소탈한 뒷모습. 나뿐만 아니라 내 주위의 많은 사람이 마치 직계가족을 잃은 양 맘 아프고 허전해했어. 사춘기 시절부터 50대 중반인

---

3. 선수의 나이가 들면서 기량이 하락하는 현상.
4. 2025년 9월 30일, 기아타이거즈와의 경기를 끝으로 성대한 은퇴식을 거행. 상대팀 최형우를 삼진으로 잡고 둘이 포옹하는 장면은 야구의 낭만으로 회자됨.

지금까지 삶이 빗겨 다니거나 세상이 나 혼자만으로도 힘들다고 느껴질 때, 늘 그의 노래가 함께했었음을…. 돈과 이해관계가 무소불위의 힘을 갖는 삭막한 세상에서 '아냐, 이렇게 살아도 충분히 아름답다'는 걸 보여준 사람. 그래서 그의 부재가 더 맘 아프다.

세 번째, 까였어. 것두 대차게. 모 제작사에서 드라마 연출 의뢰가 왔었어. 경기도 안 좋고 드라마 편수가 줄었는데, 이 시국에 이게 어디냐? 또 새롭게 잘 만들어볼까? 계약이 하나 남아 있는데, 이쪽 제작사에다가는 마상 안 입게 부드럽게 잘 애기해야지. 먼저 하고 오겠다고. 촬영감독은 누구로 하지? 그래 《빈센조》《경성크리처》찍었던 송요훈 감독이 좋겠다. 연출부는 미리 찜해놔야 하는데 다들 바쁘네. 이러던 차에 그 어느 누가 반대했는지 모르지만, 결국은 안 하는 걸로 결정 났어.

업계 용어로 '까인' 거지. 뭐, 더 좋은 작품 하려나 보다. 작품도 사주처럼 다 인연이 있고 시기가 있다고 애써 위안을 했지만, 까였다고 생각하니까 한동안 우울했어.

네 번째는 바로 너 때문이야! 메일 준다고, 내게 쓸거리를 준다고 한 지가 하루, 이틀, 사흘. 그러기를 어느덧 체감상 석 달은 된 거 같아. 뭔 일이 있구나 단계를 지나서 자포자기 상태로 한동안 잊고 지내던 차에 그대의 메일이 왔어. 그리고 그대의 글을 읽으면서 앞서 얘기했던 슬픔이 눈 녹듯 사라졌어.

"응, 그래."
"그랬니?"
"그랬구나."
"어이구야."
"이야, 멋지다. 역시"
"김재현, 포에버! 어머니, 아들 참 잘 낳으셨어요!"

이런 오그라드는 감탄사를 남발했다니. 선배랍시고 좀 멋있는, 뭔가 통찰력 있는 얘기를 해주어야 하는데. 니체의 '야전침대' 친구 같은 존재가 되어야 하는데. 이건 뭐 너무 라텍스 같은 존재라니, 헐!

드라마를 새로 하나 론칭하는구나. 제목이 《키스는 괜히 해서!》라고? 제목부터가 재밌네. 기대가 된다. 로코는 제목이 반은 먹고 들어가지. 자신감 갖고 임하길. 한창 캐스팅 때문에 힘들겠구나. 캐스팅이란 연애랑 비슷해서 처음부터 마음에 100% 다 드는 사람을 구하는 건 0.002%의 확률이야. 그 어느 시기에 만난 사람이 나에게 구원이 되듯 "저 정말 이 작품 너무 하고 싶어요" 손드는 배우가 훨씬 좋은 결과를 낼 수도 있지.

삶을 물음표에서 느낌표로 바꾸어가는 즐거움을 알았다니, 그대의 현명한 삶의 철학을 추앙합니다. 이것저것 고민하지 말고 일단 저지르고 보는 삶이 훨씬 재밌는 것 같아. 글감도 많이 나오고, 드라마 연출할 때 도움도 많이 되고, 직접 경험하지 못한 것은 리얼 순도 100% 감정은 아니잖아.

《선재 업고 튀어》 김태엽 감독 인터뷰를 할 때였어. 20대부터 30대까지 경제적 형편은 어려웠지만 자기는 필 꽂히는 대로 정말 열심히 살았다고. 만화부터 시작해서 인디밴드 보컬을 거쳐 단편 영화 연출 및 배우 생활까지. 근데 결국 30대 후반에 남은 건 달랑거리는 잔고밖에 없더래. 옥탑방에서 멍하니 밤하늘을 보고 있는데, 옆에 있던 친구가 어깨에 손을 얹으면서 그러더래.

"엽아, 그래도 그게 어디 안 간다."

그동안 열심히 살아온 너의 경험이 차곡차곡 쌓여서 어디선가 빛을 발하지 않겠냐는 친구의 위로였는데 '설마?' 했다고. 그런데 《선재 업고 튀어》 1부에 변우석 배우 콘서트 신이 있더라는 거야. 어땠겠어? 현장에서 날아다니면서 연출했다고. 직접 밴드를 해봤던 경험으로 잘 찍을 수 있었다고. 디테일을 아니까.

그러고 보니 나에게도 꼭 슬픈 일들만 일어나진 않았네. 며칠 전 동네 도서관을 갔다가 심심해서 내가 쓴 책『나는 왠지 대박 날 것만 같아』를 검색했더니 책이 안 들어와 있는 거야. 그래서 열혈 독자인 척 "이 책 좀 꼭 구입해주세요"라고 게시판에 남겼지. 그리고 까맣게 잊고 있다가 한 달 뒤에 방문했는데, 세상에나 도서관 북 큐레이터께서 이달의 좋은 책 전시 한가운데 빡! 디스플레이를 하셨네.

어찌나 쑥스럽던지 '이렇게까지 안 하셔도 되는데…' 누가 볼까 자리를 황급히 뜨고야 말았어. 이런 감정도 일종의 '길티 플레저(Guilty Pleasure)'라고 해야 하나? 아무튼 혼자 킥킥대면서 '살아 있어서 이런 기분을 맛보는구나. 오늘도 만 보를 채워서 건강해야지' 했단다.

어느덧 이 글도 엔딩을 향해서 달려가고 있구나. 그래도 내가 선배인데 오그라드는 감탄사 말고 정말 멋진 말로, 인문학적으로도 훌륭한 명언을 너에게 전해줘야지 맘먹고 2박 3일을 고민했단다. 청춘의 러브레터도 아닌데, 썼다 지우다를 반복하다 결국은 나의 허접한 메모장을 뒤지고 뒤지다 "유레카!"를 외쳤어. 이 말로 맺을까 해.

미 프로야구 시카고컵스가 108년 만에 염소의 저주[5]를 뚫고 월드시리즈에서 우승하느냐 마느냐를 결정짓는 절체절명의 순간! 마

지막 게임인 월드시리즈 7차전을 앞두고 시카고 컵스 조 매든 감독
이 라인업 카드에 썼던 말은 이거래.

'Be present, not perfect!'

(완벽하게 하려 하지 말고, 현재를 살아라!)

5. 염소의 저주: 스포츠 역사상 가장 강력한 저주. 1945년 월드시리즈 4차전을 염소와 함께 관람
   하려 했던 팬이 출입을 제지당하자 "앞으로 시카고컵스는 영원히 월드시리즈에서 우승하지 못
   할 것"이라고 일갈한 데서 유래.

두 드라마 감독의 뜨겁고, 치열하고, 자유로운 교환편지 에세이
오케이, 컷! 이만 총총

초판 1쇄 발행   2026년 1월 15일

지은이   손정현, 김재현
펴낸이   황윤정
펴낸곳   이은북
출판등록   2015년 12월 14일 제2015-000363호
주소   서울 마포구 동교로12안길 16, 삼성빌딩B 4층
전화   02-338-1201
팩스   02-338-1401
이메일   book@eeuncontents.com
홈페이지   www.eeuncontents.com
인스타그램   @eeunbook

책임편집   하준현
디자인   이미경
일러스트   홍지흔
제작영업   황세정
마케팅   이은콘텐츠
인쇄   예인미술

© 손정현 / 김재현, 2026
ISBN 979-11-91053-55-5 (03810)